El significado del fuego

Kike Ferrari

El significado
del fuego

NEGRA
ALFAGUARA

Papel certificado por el Forest Stewardship Council®

Primera edición: febrero de 2024

© 2022, Kike Ferrari
© 2022, Penguin Random House Grupo Editorial, S. A.
Humberto I 555, Buenos Aires
penguinlibros.com
© 2024, Penguin Random House Grupo Editorial, S. A. U.
Travessera de Gràcia, 47-49. 08021 Barcelona

© Diseño: Penguin Random House Grupo Editorial, inspirado en un diseño original de Enric Satué

Printed in Spain – Impreso en España

ISBN: 978-84-204-7673-5
Depósito legal: B-20235-2023

Impreso en Unigraf, Móstoles (Madrid)

AL76735

A Nico Ferraro, Dolores Reyes y Horacio Convertini, por distintas razones, por las mismas.

A la memoria de Chava Vázquez y Hugo Montero, que se nos fueron tan pronto.

If you probe in the ashes you will never learn anything about the fire: by the time the ashes can be handled the meaning has passed on.
M. JOHN HARRISON

Все призрак, кроме власти.
VLADIMIR ILICH LENIN

Lo que importa siempre es lo que sigue al crimen. Las consecuencias son más importantes que las causas.
RICARDO PIGLIA

*Con la referencia mítica de ouroboros,
la serpiente que se muerde la cola, el asesino
de mi novela es el escritor. Es decir, yo.*

MANUEL VÁZQUEZ MONTALBÁN

1.
16 de julio de 2015

Luciana Machi arquea su cuerpo sobre el banco de madera en el que está recostada, escucha el tintinear de las cadenas al moverse, siente el roce del cuero en sus muñecas y tobillos al mismo tiempo que el chasquido y el ardor en la cola. El bozal que lleva en la boca le impide gritar, gemir, pedir más. En cada esquina de la celda hay una antorcha, la inestable danza del fulgor rojo y amarillo del fuego la ilumina pero también el vaivén de una luz blanca que se cuela, en forma de círculo con bastones, a través del ojo enrejado de la puerta de acero. La luz va y viene, se cruza con el baile del reflejo de las llamas, construyendo un color que se niega a ser definido, y en cada venir avanza sobre el cuerpo sudoroso de Luciana atado al banco, sobre el pelo violáceo, sobre la correa de cuero que cae con metódica, medida, brutalidad y golpea sus nalgas desnudas, sobre el brazo que maneja la correa; mientras la voz tras el brazo cuenta:

—Quince, dieciséis...

Cada golpe —acompañado por la voz del hombre que cuenta mordiendo los números y es pesada como el cuero de la correa— la acerca un paso más a este gozo abismal que descubrió hace un par de años y la transformó en otra. En muchas. Un nuevo universo se abrió ante ella.

—... dieciocho, diecinueve, veinte...

La mirada de Luciana se pierde en las sinuosidades de la llama de una de las antorchas y, por un momento, cree reconocer la voz del hombre, un hombre anónimo con quien coincidieron en esta fantasía controlada de las Fiestas Tártaras que ahora cuenta, golpea y la acerca a un placer con forma de precipicio.

—... veintidós, veintitrés...

El siguiente correazo le hace cerrar los ojos y, olvidada de la voz, se asoma dentro de ella y siente sus propias profundidades. Siente también cómo se le llenan los ojos de lágrimas, cómo su sexo moja el banco de madera.

Está lista.

Queda uno, lo sabe. Tensa el cuerpo y levanta la cola para recibirlo.

—... veinticinco —gruñe la voz del hombre y por vigésima quinta vez la correa cae con fuerza y cruza las nalgas desnudas de Luciana, que acaba en un rugido ahogado por el bozal que le cubre la boca.

El hombre deja la correa en el suelo. Se acomoda entre las piernas de Luciana. Arremete. Ella, sensibilizada por el orgasmo reciente, lo siente entrar y tiembla. Vuelve a abrir los ojos, a encontrar el refulgir de la llama. El hombre, que la embiste con fuerza, también mira el fuego. Y entonces se detiene porque, de pronto, sabe. Los dos saben. Él —que no había reconocido la forma del cuerpo, ni la forma de arquearlo— ahora, dentro de ella, la reconoce. También Luciana, que había intuido algo en la voz, en este momento está confundida pero segura.

—¿Lu? —dice el hombre y, pese a la entonación, no es una pregunta sino una afirmación. Luciana intenta responder algo, quizá un nombre, quizá una maldición. El hombre afloja el bozal, que cae al suelo, junto a la correa, seguido de un hilo de saliva.

—Seguí, Fer, por favor —dice Luciana—, después charlamos. Ahora seguí.

* * *

Media hora después, vestidos y fuera de la celda —del sótano donde están las celdas de Tártaro, el más secreto de los puntos de encuentro de la comunidad BDSM porteña—, ya sentados en una de las mesas del bar del primer piso pero todavía sorprendidos de que el azar, los cuidados listados de la Fiesta y sus propios deseos los hayan juntado, piden una jarra de cerveza tirada y, mientras esperan, se miran a los ojos por primera vez en ocho años.

13

—Nunca te hubiera imaginado en un lugar así —dice con genuino asombro Luciana. Se acaricia el pelo cortísimo, castaño claro, que estuvo oculto bajo la peluca violácea.

—Ni yo a vos —devuelve Fermín—. Pero acá estamos. De hecho hasta no hace mucho tiempo tampoco me hubiera imaginado a mí mismo en un lugar así. Sin embargo...

—Yo ando en esto hace más o menos unos dos años.

—Ah. Yo no, mucho menos. Algunos meses. Conocí a una chica, empezó de a poco y de pronto fue como...

—Todo un nuevo universo abriéndose ante vos —completa Luciana, como cuando eran pareja.

Se habían conocido en 2003, en la presentación del libro de un amigo de Fermín que a Luciana le gustaba mucho. Esa noche se aislaron del grupo con el que había ido cada uno y, en una mesa apartada, conversaron y se rieron por horas. Volvieron a verse un par de semanas después y al poco tiempo estaban saliendo. Unos meses más tarde se mudaron a un pequeño departamento en Villa Crespo, donde vivieron por tres años, durante el segundo de los cuales, mientras Fermín escribía en secreto unos cuentos cuyo personaje estaba basado en el padre de Luciana, éste desapareció. Fermín dejó esos relatos inconclusos, aunque algunos fragmentos emergieron en su segunda novela. La familia Machi entera entró en una crisis de la que ella no fue ajena y que tuvo su rebote en la pareja. Después hubo una infidelidad mal disimulada, una confesión, un embarazo perdido. Los cientos de pequeñas rencillas que se hicieron una sola, gigante. Se separaron una noche de fines de septiembre del año siguiente y no habían vuelto a verse hasta ahora.

La mesera llega con la cerveza. Es hermosa y los dos la miran sin disimular. La chica llena los vasos, les desea que la disfruten, subrayando la palabra disfruten, y se va rumbo a otra mesa.

—Bueno, contame de tu vida, Lu. Además de esto... —Fermín hace un gesto con la mano que abarca el Tártaro, con todo lo que el lugar implica, y sonríe.

—Luz, por favor. Nadie me dice Lu ya. Ni Luciana. De hecho mi nick acá es LuzMala, un día te tengo que contar por qué.

Un día, piensa Fermín. Ella y yo volvemos a tener un día. Así como así.

—Por Luz, entonces. —Levanta su vaso.

—Y Fer —responde ella.

Y al unísono, riendo, mientras chocan los vasos, repiten los nombres como si fuera uno solo. Afuera arrecia el invierno pero todo es calor en El Tártaro.

Después de que se separaron, cuenta Luz, estuvo un poco perdida algún tiempo. Creía que con veinticinco años era vieja para casi todo: para volver a ir a bailar con las pibas, para recomenzar la carrera, para conocer a alguien, para pensar en tener un hijo algún día. Vos sabés, después de aquello, dice y su mirada almendrada se llena de sombras y ruido. Se fue de viaje. Anduvo un tiempo por Brasil, Colombia, Venezuela. Allá, cuenta, se puso de novia. Hace una pausa dramática para ver cómo reacciona Fer a lo que va a contar. Con una chica, dice. Fer se ríe. Hasta hace media hora me hubiera sorprendido, dice, pero después de lo de hoy. Deja la frase inconclusa, proponiendo en ese solo gesto una nueva complicidad hecha del barro de los años que vivieron juntos pero también de la sorpresa que los acaba de reunir, y pregunta si piden otra birra. Qué pregunta es esa, responde Luz al tiempo que levanta la jarra vacía y busca a la mesera hermosa. Volvió con Naira, que así se llamaba la noviecita venezolana, a Buenos Aires.

—Fue una época muy divertida. Íbamos a las estancias de mi abuelo, sobre todo a Los Patos, que se fue convirtiendo en su favorita. Fue antes del segundo ataque, pobre viejo, ahora está en un geriátrico y hablar con él es como escuchar un disco rayado: hay que decidir, que nadie venga con que no sabía, cosas así. Pero en esa época todavía estaba bien y allá íbamos: Alan, el novio, Naira y yo, y el abuelo creía que las parejas eran al revés, que los nietos estaban por el buen camino. Duró poco, Naira, seis o siete meses. Pero fue divertido. Y me sirvió para darme cuenta de que no era vieja para ninguna cosa. Volví a estudiar. Salí un tiempo con un compañero y casi un año con un profesor adjunto. Supongo que te va a gustar saber que, sin el peso de mi viejo, estudié en la UBA.

—¿Nunca se supo nada de tu viejo? —interrumpe Fer aprovechando la llegada de la mesera, que rellena los vasos de cerveza fría, brillante como la noche que viven. Por toda respuesta Luz hace un gesto con la mano, como si espantara unas moscas molestas y persistentes, y sigue con lo que estaba contando.

—Terminé la carrera el año pasado. Podés felicitarme. —Fer levanta el vaso y dice a tu salud—. Y hace un par de años, cuando duelaba la relación con el profesor, por medio de una amiga que empezó a investigar me interesé en... esto. Y fue como...

—Todo un nuevo universo...

—Eso. Y de a poco me hice habitué del circuito. Y acá estoy. Acá estamos.

Brindan. Beben.

—¿Y vos? Por supuesto con un poco de morbo seguí tu carrera, ¿estás escribiendo algo o las actrices no te dejan?

—Yo sabía que ibas a salir con eso. —Fer sonríe y niega con la cabeza—: Qué boluda sos.

En 2007, cuando llevaban un año separados, una pequeña editorial independiente publicó *Entonces, qué*, el primer libro de cuentos de Fermín Forgeroni. Él, que se lo había dedicado porque estaban ahí todos los relatos que había escrito mientras estaban juntos, le mandó un mensaje invitándola a la presentación. Luz no fue ni contestó. En parte, como supo Fer hace un rato, porque ya no tenía ese teléfono y estaba, en ese momento, llegando a San Salvador de Bahía.

Dos años después Fer publicó su primera novela, *Mala noche*, que ganó un premio en euros. Eso le dio la posibilidad de renunciar al call center en el que trabajaba y dedicarse tiempo completo a la escritura, al menos hasta que la plata se acabara.

—Es ahora o nunca, pensé. No tenía pibes, con el premio podía adelantar unos meses de alquiler y me quedaba para ir tirando. Más alguna changa que apareciera...Y tenía una historia. Por primera vez, Luz, sentí que tenía la historia.

A fines de 2010 —escribía sin parar, cuenta ahora, fue una locura, me sentaba a la mañana y se hacía de noche sin levantarme de la silla— salió *Una ruta a ninguna parte*, una novela de acción sobre las desventuras de un empresario exitoso y cruel.

—El resto lo sabés: se transformó en una suerte de novelita de culto y, enseguida, Nica me propuso hacer una peli y, de paso, trabajar en el guion. Ahí conocí a Karina. Hubo onda y un día un fotógrafo nos enganchó saliendo de un telo y se armó toda la movida del novio de la actriz que es escritor.

—¿Y seguís con ella?

Fer larga una carcajada. No puede creer que tenga que seguir explicando eso.

—¡Nunca estuve con ella! Nos echamos un par de polvos, el resto fue humo de la prensa, que me sirvió un montón para vender algunos libros. Nada más.

Ríen los dos, como ríen los novios recientes y los viejos amigos.

—Bueno, si te sirvió para eso es bastante. Pero no me contestaste lo que todos queremos saber, tirame la primicia: ¿estás escribiendo?

Hay una pausa. Ella aprovecha para sacar un cigarrillo del paquete. Le ofrece uno a Fer, que niega: dejó de fumar.

La pregunta sigue ahí, suspendida.

Odia esta parte. Odia eso que le pasa. Se siente un imbécil. El pequeño suceso parcial de *Una ruta a ninguna parte* fue una carga que se hizo más y más pesada. Se refugió en los cuentos —eso lo sé hacer, pensaba, no me puedo haber olvidado— y a eso dedicó dos años. En 2012 publicó un libro de relatos y, desde entonces, nada. Tres años sin escribir.

Duda, puede mentir, decir que sí, que está en medio de algo. Pero dice:

—No, tengo un bloqueo de la puta madre.

Luz prende un fósforo que se apaga antes de llegar al cigarrillo. Trata de nuevo. Al tercer intento Fer hace una pantalla con la mano y los dos se quedan mirando la mínima llama que prende en la cabeza rojiza del fósforo y quema la madera, como si fuera una versión microscópica de todas las velas de cumpleaños, una condensación que contuviera todos los deseos que ellos le hubieran pedido a cada vela de cada cumpleaños que pudieran recordar. Y mientras la llama se va consumiendo ante sus ojos, sin prender todavía el cigarrillo, Luz dice:

—Yo sé sobre lo que tenés que escribir. —Y no dice más.

Entonces sí acerca el fósforo agonizante, que quema la punta del tabaco rubio, y da una seca profunda. Antes de que se extinga la llama Fer anuda aquellos relatos secretos con el final abierto de su segunda novela y recuerda una promesa que se hizo hace muchos años, durante una cena familiar.

—Más como volver a escribir, ¿no? —dice.

—Dejar de dar vueltas, decidirte a escribir de una vez.

Terminar lo inacabado, piensan los dos. Piensan al mismo tiempo: cerrar lo que quedó abierto. Ríen una vez más, juntos, y la suma de las risas suena como las alas de un ángel al caer.

Llegó la hora de escribir.

Bitácora

Entonces ¿dónde nos habíamos quedado?

2.

Ah, sí.

Pablo Rodríguez vio la Hilux amarilla. Ahí llegan, pensó, ¡qué mal viven los ricos!

Abrió el portón. La pequeña camioneta redujo la velocidad hasta frenar junto a Pablo, que se paró junto a la ventanilla del conductor. Dentro, Mariela Báez —exvedette, excantante, exnovia de cantante famoso, actual amiga del señor Machi— y tres mujeres muy jóvenes. Tras el suave silbido del vidrio polarizado bajando se escuchaba, desde el equipo de audio, una canción en la que una chica cantaba, en inglés —las tres acompañantes de Mariela Báez coreaban, entre risas—, que quería ser tu esclava.

No puedo controlarlo, cantaba la chica, y las jóvenes repetían no puedo.

—Buenos días, señorita Báez.

—Hola, Pablo. ¿Bajaste de peso?

Pablo se sonrojó. Cada vez que Mariela Báez, a quien los años no habían hecho sino volverla más deseable, le decía alguna palabra fuera del libreto Empleado de Seguridad/Invitada al Country, tenía el mismo efecto que lo dejaba perplejo, expuesto y un poco avergonzado. Si llego a agarrarla, se consolaba pensando.

—No, no creo, no sé —respondió mientras, sin notarlo siquiera, metía panza y enderezaba los hombros.

Mariela Báez, que sí lo notó, volvió a hablar para sacarlo de la turbación. Eso, dar y quitar, era parte del jueguito que le gustaba. Y con casi todos los tipos funcionaba. Sobre todo con tipos como Pablo.

—Luis nos espera.

—Sí, el señor Machi me avisó que venían. La molesto con el documento de las chicas, por favor.

—¿El mío no? —otra vez la sonrisa, la doble intencionalidad mimosa aunque distante.

—A usted ya la tengo registrada. No va a hacer falta.

Las tres muchachas —Zoe, en el asiento del acompañante, Casandra y Nadya, atrás— eran versiones quince años más jóvenes de Mariela Báez, diferentes de la que ella había sido sólo por el color de pelo. Por lo demás llevaban las mismas curvas, las miradas provocadoras, el repetido gesto de trampa.

Pablo se alejó hasta la garita a registrar en el cuaderno de ingreso los nombres y los números de documento de las tres chicas. Entre veinte y veintidós años. Como mi hija más grande, pensó. Después, con un nudo en la garganta, levantó la barrera.

—Pasen, por favor —dijo—, si necesitan algo ya saben dónde encontrarme.

—Alguna vez voy a necesitar algo de vos, Pablo, vas a ver —respondió Mariela Báez al tiempo que se bajaba apenas los lentes de sol que le cubrían medio rostro, le guiñó un ojo e hizo un chasquido con la lengua.

Nadie —ni Pablo, que volvió a sonrojarse; ni las tres jovencitas que cantaban en inglés que querían ser esclavas; ni Mariela Báez, que se acomodó los anteojos y subió la ventanilla— podía imaginar qué tan cerca estaba ese momento.

3.
Materiales

«Cuatro, oficial, eran cuatro arriba del auto. La señorita Báez y otras tres chicas. Vienen seguido, sí. Bah, más o menos. Y no son siempre las mismas chicas. No sé si me entiende. La que viene siempre es la señorita Báez. Con una o varias chicas. No, no puedo decirle con qué asiduidad. Depende. Cuando la señora Machi no está. No sé si me entiende».

4.
Materiales

«Hablé con Luis y quedamos que iba para allá.

Amigos, somos.

Sí, iba con tres chicas.

No, ellas no lo conocen. Amigas mías son.

¿Cómo que a qué íbamos? Luis es un buen amigo mío con el que, además, ocasionalmente hacemos algún trabajo juntos. Él tiene una tanguería, El Imperio, y yo represento de manera informal a gente del mundo del espectáculo.

A ver, no, no es un trabajo, por eso le digo que de manera informal. Digamos que si Luis necesita una bailarina para algún espectáculo y yo conozco una chica que puede ocupar el puesto, los presento.

Eso es todo, sí.

No, no sé nada del polvo blanco que ustedes dicen que es droga. No vi nada. Entré porque me pareció raro ver la puerta abierta. Aunque Luis nos esperaba no suele dejar abierta la casa, es muy celoso de su privacidad.

No, las chicas que me acompañaban el otro día no son bailarinas ni íbamos a lo de Luis a tratar un tema de negocios. Pero eso ya se los dije. Es mi amigo y me invitó a pasar por su casa.

No sé, a tomar unas copas.

Eso también se lo dije: son amigas mías. Estaban en mi casa cuando Luis me llamó y las invité a acompañarme.

No, no sabía que la mujer de Luis no estaba.

No, no la conozco. Nunca se dio la ocasión.

No, no me resulta extraño, ¿a usted sí? Quizá puedan hablar con el comisario Marino, que es un buen amigo mío y de Luis, o con el juez Sartelli, a ver qué les parece a ellos todo esto que estamos hablando, ¿no?».

5.

Lo primero que vieron fue la puerta.

Abierta.

Mariela Báez frunció el ceño tras las enormes gafas oscuras y redujo la velocidad ya de por sí lenta de la Hilux.

También estaba abierto el portón del garaje. Lo que no estaba, en cambio, era el BMW negro y reluciente.

Frenó, Mariela Báez. Vio entonces, en la salida pedregosa, en el vértice del recorte de césped que había frente a la casa y en el camino de asfalto, las señales inconfundibles de un coche que sale arando: la marcha atrás desde el garaje, el frenazo, la aceleración.

Sacó el celular e hizo la llamada.

Luis Machi, respondió la voz en el contestador, deje su...

Mariela Báez cortó antes de que el mensaje terminara.

—Esperen acá —dijo después—, ya vengo.

—¿Pasa algo? ¿Querés que te acompañe? —preguntó Zoe.

—No, esperen acá.

Sin soltar el celular, Mariela Báez bajó de la Hilux amarilla y caminó hasta la casa de la familia Machi. Entró como si fuera la primera vez. Pero no lo era. Había una inusual indecisión en sus pasos, y esa indecisión resonaba en el tic-tac de los tacos altos sobre el suelo de madera lustrada.

—¡Luis!

No hubo respuesta. Ni sonido alguno más que su propia respiración que se agitaba en cada bocanada de aire mientras se internaba en el pasillo que llevaba a la sala de estar, que llevaba al segundo pasillo que llevaba hasta la habitación a la que había entrado tantas veces.

La cama, en la que todas esas veces se habían acostado ella y sus chicas, estaba apenas deshecha. En una de las mesas de luz, un cenicero con medio cigarro H. Upman. Hasta ahí, todo en orden.

Pero en un rincón, en el suelo, junto a la mesa de luz, había una pila de ropa. Mariela Báez se acercó a mirar. Un equipo deportivo de imitación. En el cuarto del señor Machi desentonaba como Papá Noel en mayo. Era un ruido en el flujo de la información.

Por supuesto no lo pensó así Mariela Báez. Pensó qué carajo hace esta ropa de mierda en el cuarto de Luis. Y tampoco lo pensó mucho porque entre el bulto de ropa y la mesa de luz vio un jarrón roto —el Guillote, lo llamaba el señor Machi— y un desparramo de lo que parecía ser cocaína.

Levantó un poco con el dedo índice de la mano derecha y se lo pasó por las encías.

Era.

Juntó una puntita con la uña. Jaló. Una fosa nasal. La otra.

Riquísima.

Debe haber como veinte gramos tirados ahí, pensó. Y pensó también que ese desperdicio sólo podía ser un mal augurio.

—¡Luis!

En el placard, abierto de par en par, ropa de hombre que se replicaba en el espejo de la puerta. Trajes, camisas, una gran colección de corbatas, la mayor parte de seda, italianas.

—¿No te querés venir para acá con un par de tus mejores chicas? —le había dicho el señor Machi, como tantas veces.

Y como tantas veces había agregado:

—Mi mujer se fue a la mierda y me siento un poco solo.

Pero, Mariela Báez lo sabía bien, cuando la mujer se iba no solía llevarse sus cosas. Ella misma había usado uno de sus camisones alguna vez.

¿Dónde está la ropa de la bruja esa?, se preguntó entonces. Como por instinto, para salir de la confusión, se buscó a sí misma en el espejo de la puerta. ¿Qué vio Mariela Báez cuando se vio de cuerpo entero en el espejo de la puerta del placard del matrimonio Machi?, ¿curvas, provocación, un repetido gesto de trampa?

Enseguida dejó de mirarse, buscó un número en la agenda del celular y llamó.

—Hola, Marcos, habla Mariela, ¿sabés algo de Luis?... No, nada, es que quedamos en que venía y no está... Despreocupate, cualquier cosa te aviso. Besos.

Pero la que estaba preocupada era ella.

—¡Luis! —intentó por tercera vez.

El señor Machi no estaba.

Y no volveremos a verlo.

6.

Mientras tanto el celular del juez Sartelli descansaba sobre la mesa de luz. O más bien no descansaba. Hacía su trabajo. Sonaba, el celular del juez Sartelli. Sin parar. Pero el juez Sartelli que, sentado en el balcón terraza de su departamento del piso diecisiete en Puerto Madero, tomaba el primer cognac de la tarde mientras miraba los reflejos del sol sobre el río, no lo escuchó.

Bitácora

Es increíble estar acá de nuevo. Otra vez. Diez años después. Cuando creí que había terminado con esa historia para siempre. Que había encontrado otros caminos. Otros planes. De nuevo acá. Los mismos materiales. Otra vez. Hurgando en las cenizas. Después de diez años. Tras el fantasma de Machi. La historia tantas veces repetida.

El hijo de puta de Machi.

Otra vez.

7.
Materiales

«Por supuesto, oficial, vuelvo al viernes. A mí el señor Machi ya me había avisado que venían, que las dejara pasar. Rápido. No sé si me entiende. Sin hacer mucha bandera, había dicho. Discreción, pibe, me recomienda siempre que viene la señorita Báez con las chicas. O el muchacho aquel que siempre cambia de auto. Discreción, dice el señor Machi. Aunque él no sea muy discreto. No sé si me entiende.

Bueno, no habían pasado ni cinco minutos y las chicas volvieron diciendo que en la unidad del señor Machi no había nadie, las puertas de la casa y del garaje estaban abiertas y tampoco estaba el automóvil.

Claro, claro. Yo hice lo que dicta el manual de procedimientos internos del country, modulé al Gordo Gómez... Perdón, oficial, es un compañero, nosotros le decimos así, se llama Sergio Gómez.

Bueno, lo modulé a él, que era el que estaba con el Melex recorriendo, para que fuera a verificar».

8.
Materiales

La declarante, Nadia Silvina Palacios, de 21 años edad, DNI 31878359, con domicilio en Orleti 361, Florencio Varela, provincia de Buenos Aires, consultada sobre qué estaba haciendo la tarde del miércoles 5 de octubre de 2005 declara que acompañaba a su amiga Mariela (Mariela Yessica Báez Montiel, también declarante en esta investigación) a la casa de un amigo de esta última.

Consultada sobre la ubicación de dicha casa declara desconocer, ya que era la señorita Báez Montiel quien iba al volante, pero asegura que era en la Zona Norte, cerca de Pilar.

Consultada sobre si el lugar era el complejo privado El Barrio Country Club, ubicado en la calle Fragata Libertad 410 y Av. General San Martín (Ruta, Av. 25 de Mayo, Belén de Escobar, Buenos Aires), declara no saber.

Consultada sobre la identidad del amigo de la señorita Báez Montiel, declara que esta última le decía Luis y que el guardia de seguridad (Pablo

Marcos Rodríguez, también declarante en esta investigación) lo llamó señor Machi.

Consultada sobre si conocía al señor Luis Adalberto Machi (sobre cuyo ausentamiento versa esta investigación), declara que no, que nunca lo había visto y que era la primera vez que iba a esa casa.

Consultada sobre qué iban a hacer a la casa del señor Machi, declara que ella estaba acompañando a la señorita Báez Montiel.

Consultada sobre qué asuntos debía tratar la señorita Báez Montiel con el señor Machi, declara que no lo sabe, que cree que eran amigos.

Consultada sobre qué encontraron al llegar a la casa, declara que nunca entró a la misma, que sólo la señorita Báez Montiel bajó de la camioneta y al ver que la puerta estaba abierta, ingresó.

Consultada sobre qué pasó a continuación, declara que volvieron a la entrada principal y la señorita Báez Montiel dio notificación al señor Rodríguez de que la puerta de la casa del señor Machi estaba abierta al igual que su garaje y que en la vivienda no había nadie.

Consultada sobre si en ese momento se retiraron, declara que no, que esperaron a que el señor Rodríguez se pusiera en comunicación con uno de los guardias interiores (Sergio Miguel Gómez, también declarante en esta investigación), que se acercó hasta la casa y confirmó que estaba vacía. A continuación hizo lo propio con el guardia perimetral de la salida secundaria (Marcelo Sebastián Irigoitía, también declarante en esta investigación) y que éste confirmo que el automóvil del señor Machi (según consta en la denuncia un BMW, modelo E46, color negro, año 2004, patente VTN 431) había abandonado el complejo unos minutos antes.

Consultada sobre si tiene algo más que agregar, declara que no.

9.

¿Eso dijo la piba? Está bien. Qué sé yo. La verdad es que ya pasó tanto tiempo que ni me acuerdo lo que yo le declaré a la policía. Estaba muy asustado porque sabía que teníamos todas las de perder, no sé si me entendés.

Ellas fue casi como si nunca hubieran estado, ¿entendés?, aunque fueron las que encontraron la casa abierta y vacía, enseguida salieron del escenario. Eran incómodas para todos, no sé si me entendés. Aunque les hayan tomado declaración en el momento. Después nadie las volvió a nombrar.

Y la familia no estaba, yo lo sabía porque había visto irse a la mujer apenas unas horas antes, cargada con el hijo, la empleada y un montón de bártulos.

Pasaba a cada rato: Machi no volvía o volvía duro o con un ñocorpi en el bolsillo del saco y la mina se enojaba y se iba unos días a la casa del padre. La familia de ella tenía montones de tierras, decían los que la conocían mejor, los empleados más antiguos, como José, el señor que arreglaba las piletas. A mí ella nunca me dirigió la palabra, no sé si me entendés. Bueno, lo cierto es que se comentaba que la familia era dueña de, qué sé yo, medio Santa Fe. O Entre Ríos. Por ahí.

Entonces, como te digo, no sé qué le dije a la policía ni tiene mucha importancia, porque no es tanto lo que vi.

Con Chelo tendrías que hablar. Además es al que le tiraron el fardo.

Era cantada: si él, el Gordo Gómez y yo éramos los únicos giles laburantes ahí.

El Gordo fue el que entró a confirmar que no hubiera nadie en la casa y encontró la ropa tirada y la falopa. Pero con él no vas a poder hablar porque murió hace unos años. Una cosa rarísima. Apareció en el placard de un tipo, ahorcado con una corbata.

Una cosa medio turbia, de... como el cantante de Inxs, no sé si me entendés.

10.
Materiales

El declarante Sergio Miguel Gómez, de 24 años de edad, DNI 30278090, con domicilio en Ballestero 3162, José C. Paz, partido homónimo, provincia de Buenos Aires, consultado sobre lo sucedido la tarde del 5 de octubre de 2005, declara que cerca de las 16.00, estando en el carro eléctrico, a cargo de la vigilancia del ala noreste del complejo residencial privado El Barrio Country Club, recibió por modulación interna el llamado del encargado de vigilancia de la entrada principal del mismo complejo (Pablo Marcos Rodríguez, también declarante en esta investigación) la indicación de verificar lo que sucedía en la unidad número diecisiete del lote quinto, perteneciente a la familia Machi.

Consultado sobre qué encontró al llegar, declara que la puerta estaba abierta, por lo que después de llamar, tocando el timbre y golpeando la puerta en reiteradas oportunidades, entró a hacer una inspección ocular *in situ*.

Consultado sobre qué vio dentro de la casa, declara que la misma estaba vacía y que sólo encontró señales de actividad reciente en el baño y el cuarto principal.

Consultado sobre cuáles eran esas señales, declara que el baño estaba húmedo, como si alguien se hubiera bañado poco antes, que en el suelo de la habitación había una toalla tirada, una muda de ropa deportiva, un jarrón roto y lo que parecía ser cocaína desparramada alrededor.

Consultado sobre si puede asegurar que la sustancia fuera droga, declara que no, que él tuvo un problema de adicciones y, desde que se recuperó, no se acerca a ninguna sustancia.

Consultado sobre si tocó algo de la escena, declara que no.

Consultado sobre qué hizo a continuación, declara que moduló al señor Rodríguez e informó lo encontrado en la unidad diecisiete del lote quinto.

Consultado sobre si tiene algo más para agregar, declara que no.

11.

La búsqueda de información sobre la muerte de Sergio Miguel —el Gordo— Gómez fue ardua. Primero, porque no sabía la fecha con precisión. Segundo, porque el nombre es de lo más habitual. Pero no por ardua fue infértil.

El lunes 18 de abril de 2011 —el mismo día que a don Alfredo Mejía Durán, de quien hablaremos algunas páginas más adelante, le daba el ataque que lo mandaría a la Residencia Geriátrica Martínez Luro— había aparecido en el placard de la habitación del departamento del abogado Juan Pablo Morelli, en Las Cañitas, el cuerpo sin vida de Sergio Gómez, ahorcado con una de las corbatas del letrado.

El impacto del caso se debió, más allá de a las implicancias sexuales que los medios le dieron al tema, a que, en el momento del hecho, el doctor Morelli se encontraba en Punta del Este, asesorando a la señora Camila Herrón de Castilla —empresaria y dueña del grupo Konzern, el multimedio más importante del país—, en el baúl de cuyo automóvil había sido encontrado el cadáver de un hombre con la cara deshecha por disparos de una pistola Glock de gran calibre. La mitad del periodismo que no era parte del poderosísimo grupo Konzern trató de relacionar estos dos casos, brindando infinidad de detalles, casi todos inexactos, gran parte de ellos contradictorios. Mucho se habló, por ejemplo, de dos investigadores fantasmas, Hammond y Shukman, aunque no quedó ningún registro de ellos.

Pese al ruido mediático, el muerto encontrado en el baúl de la señora Herrón de Castilla nunca pudo ser identificado —tenía las huellas dactilares borradas con ácido—, y la causa por la muerte de Sergio Gómez fue cerrada por falta de pruebas.

Meses después el doctor Morelli desapareció sin dejar rastros. Hubo quienes dijeron que lo vieron en Ibiza, donde solía ir de vacaciones, otros señalaron contactos con el narcotráfico mexicano y hasta hubo quien lo ubicó viviendo con una tribu indígena en el Amazonas. Lo cierto es que nunca se volvió a saber de él.

Fermín tardó bastante tiempo en recordar de dónde le sonaba el apellido Morelli.

12.

Así que, con el Gordo muerto, con el que tendrías que hablar es con Chelo.

Anotá, Marcelo Irigoitía. Después te paso el tubo.

Él se comió el garrón más grande. Un poco porque tuvo mala suerte y un poco porque a alguien tenían que cagar. Les avisé a los pibes: ojo lo que declaran, que nos van a cagar, no sé si me entendés. Ahora ni me acuerdo qué le dije yo a la yuta, pero sí traté de ser clarito sin comprometerme. Porque cuando el Gordo fue a corroborar lo de la casa vacía y vio que había falopa tirada y el auto no estaba nos queríamos morir. Nadie quiere que pase eso en su turno, no sé si me entendés. Porque ya se sabe quiénes pagan los platos rotos en estos casos. Todos lo sabemos. Se veía venir. Yo les avisé a los pibes. Y así fue: sin comerla ni beberla, me fumé tres meses en cana. Y a Chelo, peor. Mucho peor. Le cayeron un par de años.

Claro, podés pensar vos, pero él fue el que dejó salir el auto.

Ahora yo te pregunto, ¿quién le decía que no al señor Machi?

13.

Sin guita nada, amigo.

Dos años adentro me comí. ¡Dos años! Se dice rápido, ¿no?

Tratá de perderte el cumpleaños de tu hija dos veces: el de tres y el de cuatro. Imaginate qué se siente que se olvide de vos. No hablemos ya de que tu jermu tenga que comerse el garrón que les cabe en la visita, la requisa, toda la gilada, no una, no dos, no tres, sino cien, ciento y pico de veces. Una vez por semana durante dos años.

Dos años. ¿Viste qué rápido se dice?

Pero no sabés lo que es un día y otro y otro y otro. Y otro más. Y otro. Otro. Así, la concha de tu madre.

No, loco, no es con vos, ya sé, tranquilo, amigo.

Pero qué querés que te diga. Fuiste vos el que viniste a romper las bolas con esto tantos años después, ¿no? Yo no te llamé. Yo no te necesito pa' mierda. Entonces, si querés, andá a buscar una birra y vemos si seguimos hablando.

Ahora sí, ¿ves?

La jugada es fácil. Algún gil tenía que caer y me tocó a mí. ¿A quién iban a tocar? ¿A las putas? Nadie podía justificar que estuvieran ahí. Para colmo esta-

ba el tema de la merca, que el Gordo dijo que había. Si no la hubiera nombrado capaz los ratis la hacen volar, pero este boludo declaró y... Yo estoy seguro de que su muerte tuvo que ver con eso. No tengo pruebas pero tampoco dudas, como dicen ahora.

Entonces, como te decía, ¿quiénes iban a caer?, ¿los amigos, los socios, la familia? Naaaa. Medio que dejaron pegado a un juez, pero tampoco pasó nada. A ustedes nunca les pasa nada. Sí, ustedes, vos lo sabés bien, amigo. Yo me acuerdo de vos. Una que otra vez caíste con la hija, ¿o no? Te la dieron duro los añitos, eh. Bah, como a todos. Mirame a mí: hecho mierda estoy.

Bue, lo cierto es que ninguno de ustedes —sí, ustedes, no te hagas el otro— iba a pagar los platos rotos. Para eso estamos nosotros. Para comernos los garrones.

Al pibe que laburaba antes que yo en la salida trasera del country de mierda ese lo echaron por pedirle no sé qué cosa a Machi. Todos lo sabíamos. Diga lo que diga el reglamento había que joderse, cerrar el orto y no meterse con los propietarios, sobre todo con los Del Solar, los Iraola y los Machi. La sabíamos de memoria esa.

¿Entonces? Entonces que yo vi venir el BMW a toda velocidad por las calles internas donde se supone que no podés pasar los 20 kilómetros por hora, encarando para la puerta, y no lo dejé ni llegar que ya estaba subiendo la barrerita para que saliera. ¿Qué iba a hacer?, ¿sacar el reglamento?

El BMW pasó arando al lado mío, como un rayo negro, y no lo vi más.

Y ahí hicimos lo que había que hacer: llamamos a la policía por ausentamiento de persona. Y listo. Se suponía que con eso estábamos cubiertos.

Otra que cubiertos... ¡Dos años!

Bitácora

En este punto los caminos de las dos novelas se separan y avanzan en líneas que se alejan.

Porque aunque compartan personajes y algunos materiales, las herramientas para contar las dos historias son distintas.

Porque haber sabido contar una no implica poder contar la otra.

Porque las separan diez años pero también mucho más que eso.

Porque donde allá había un personaje, acá hay una ausencia. Donde había monólogo interior, hay testimonios, declaraciones. La urgencia de los hechos dio lugar a la inestabilidad de los recuerdos. Pero, sobre todo, aquella no necesitaba procedimientos ajenos a la propia historia pero ésta sí. No alcanza mi imaginación. A cada paso me encuentro ante cosas que no puedo inventar. Tengo que preguntar a quienes saben, pedir ayuda.

Por ejemplo, ¿cómo se inicia la sucesión de bienes de alguien del que no hay certeza de que esté muerto?

O, mejor, para no adelantarnos, ¿cuáles son los primeros pasos legales si un tipo se esfuma de un barrio cerrado sin dejar rastros?

14.
Materiales

«El ausentamiento de una persona se puede deber a distintos motivos y en algunas ocasiones éstos pueden ser establecidos con medidas previas, por lo cual se deberá preguntar al denunciante qué medidas tomó, actividades que realizó, tendientes a dar con el paradero de la persona ausente. Si el denunciante no lo hubiera hecho, comunicarse telefónicamente a los siguientes lugares (tener en cuenta las circunstancias de ausentamiento, edad del ausentado, etc., para establecer el orden de prioridad de las comunicaciones):

a) Establecimientos donde se alojan personas detenidas (aprehendidas o arrestadas) (Unidades Judiciales Contravencionales de la zona, Establecimientos Penitenciarios, Unidades Judiciales o Comisarías de la localidad donde reside la persona ausentada, etc.).

b) Al servicio de emergencias para descartar que la persona haya sido asistida como consecuencia de un accidente, agresión, descompostura, etc., en la vía pública.

c) A hospitales públicos para descartar que la persona se encuentre internada o haya sido asistida, como consecuencia de un accidente, agresión, descompostura, etc. Preguntar también al denunciante si conoce a qué clínica o sanatorio podría haber concurrido o en cuál le cubre la obra social, si la tuviere.

d) Con aquellas personas (amigos, familiares, conocidos, etc.) que son de confianza de la persona ausente a fin de llamarlas y averiguar si tienen información sobre el paradero de la misma.

2) Recepción de la denuncia
El operador judicial que recepte la denuncia deberá indagar sobre toda aquella información que permita individualizar y conocer a la persona ausente y las circunstancias de su ausentamiento, ya que esto permitirá iniciar las acciones primarias de búsqueda y también investigaciones más complejas en caso de no aparición inmediata».

(Protocolo de actuación para casos
de Personas Desaparecidas y Extraviadas.
Anexo I)

15.

No sé qué querés que te cuente, la verdad. Al rato cayó el comisario ese, Marino, y el monigote del fiscal Bossia. Y cuando me quise dar cuenta yo era el culpable de todo y me comí dos años de cana.

Imaginate que no estoy para contestarte preguntitas a vos, y me chupa un huevo si te mandó Pablo, mi vieja o el fantasma de Leo Mattioli, ¿está claro?

Si querés que te cuente una historieta, pagala. Sin plata, nada. Ni empezamos a hablar. Y no pongas esa caripela que ustedes la tienen la moneda, dale. Y si no andá a hablar con el rati o con los abogados, a ver si te dan bola.

¡Dos años! ¿Me entendés? Dos años de mi vida por levantar una barrerita. Al juez que quedó pegado con las llamadas, nada. A mí, dos años.

Así que dale, che, pedí otra birra por lo menos, no seas laucha.

16.

A mí me soltaron la mano, muchacho.

Eso es todo. Así de simple.

No hay que buscarle vueltas a lo que no las tiene y no hay que inventar excusas para lo que no las necesita. Nadie me va a explicar a mí cómo funciona la Justicia.

¡Justicia!

Ahí, como en cualquier otro lado, muchacho, si uno pasa el tiempo suficiente con los ojos lo bastante abiertos aprende cuáles son las reglas y quiénes son los que mandan y cómo. Y también aprende a conocer los puntos ciegos.

A mí me tocó ésta. Me tocó perder la jubilación, que en nuestro caso es perder mucho. Pero no había nada para hacer. Mis rivales tenían un lugar más alto en la... cómo decirlo... cadena alimentaria del sistema. Por edad y posición, no iba a ir preso ni nada como eso. Pero la jubilación tuve que resignarla. Podría haber sido peor. Mire Millman, suicidado en su departamento. Justo él que se creía tan vivo. ¡Tremendo pelotudo resultó!

En cambio a otros les fue mejor. ¿Usted se acuerda de Oyordine? A él lo encontraron en un prostíbulo gay con un muchachito que podría haber sido su nieto y, a pesar del momentáneo escándalo, no pasó nada. Nada. ¡Siguió ejerciendo dieciséis años más! Quedó condicionado, claro. Un poco más de lo que lo estaba ya entonces. Pero zafó.

Yo no.

No pude.

A mí me soltaron la mano. No, muchacho, no importa quiénes. No voy a dar nombres. Pero si mira la causa se va a dar cuenta...

No tenían nada en mi contra, pero alguna cortina de humo tenían que tirar.

Sí, encontraron varias llamadas de Machi a mi celular el día que desapareció. Usaron eso en mi contra porque sabían bien que yo no podía decir por qué me habría llamado. Nadie puede responder una cosa así.

Siempre me llamaba cuando estaba en problemas. O cuando él creía que estaba en problemas, lo que sucedía la mayor parte de las veces. Creía que lo perseguían o algo así. Esto, por obvias razones, no podía decirlo entonces, aunque me da igual decírselo a usted ahora, muchacho.

Lo que sí dije muchas veces, no para defenderme sino porque es cierto, era cierto y lo sigue siendo, es que no sé qué problema tenía ese día que pensó que yo podría ayudarlo a resolver. Y no lo sé porque nunca llegamos a hablar. No dejó más que un mensaje, el que todos escucharon.

Así de simple, muchacho.

17.
Materiales

«Hola, ¿Sartelli? Machi habla. ¿Nadie va a levantar el teléfono hoy? ¡Contestadores de mierda! Para qué me sirve tener tu teléfono si no me atendés, me querés decir. Oíme, ¡llamame ni bien escuches esto, es urgente! Hace horas que mi vida es un infierno. Me tienen acorralado. Necesito que me ayudes a salir de ésta, no puedo más... Y yo no caigo solo, eh, Sartelli, así que ya sabés lo que tenés que hacer...».

18.

El comisario Marino quedó a cargo de las investigaciones primarias más por pedido de la familia que por razones jurisdiccionales. Don Alfredo Mejía Durán —a quien nombro por segunda vez pero voy a presentar recién dentro de tres capítulos— llamó a su amigo, el fiscal de Casación Penal de la Nación, doctor Cornejo Valadares, quien llamó al fiscal de turno, doctor Bossia, quien a su vez llamó al comisario Marino.

—Déjense de romper las pelotas, Bossia, ¿qué quieren que investiguemos? —respondió el comisario —, ¿un adulto que no atiende el teléfono y se dejó la puerta de la casa abierta?

—La familia de ese adulto, Luis Machi, me dice que es amigo suyo...

—Conocidos, apenas. —Intentó interrumpir el comisario Marino.

—... y pidió específicamente por usted. Y lo hizo por intermedio de Cornejo Valadares. Imagínese que a mí tampoco me causa demasiada gracia el asunto. Pero órdenes son órdenes.

—Eso lo entiendo, lo que no entiendo es qué quieren que haga.

—Dejémonos de boludeces, comisario, haga lo que haya que hacer.

Pero en realidad —y esto lo sabían desde los integrantes de cada lado del triángulo escaleno compuesto por el comisario Marino y los dos fiscales hasta el último agente de la Bonaerense— no había casi nada para hacer, pese a la preocupación de la familia y la denuncia protocolar que había hecho el complejo habitacional privado El Barrio Country Club. Así que el primer día la gente de Marino se había limitado a interrogar a los tres empleados de seguridad y a las pibas que habían encontrado la casa abierta y a esperar a que las cosas se arreglaran solas.

19.

Toda la investigación, piensa ahora Fermín mientras relee los apuntes, estuvo plagada de irregularidades. Hubiera sido un milagro que llegara a alguna parte.

De los tres lados del triángulo escaleno que la llevaron adelante, sólo a uno —el fiscal Bossia— le correspondía ser parte. Y pronto supo que su parte sería la del decorado.

Entre los llamados cruzados que recibió al comienzo de la investigación por la ausencia del señor Machi, uno —el de Roberto Hernández, cuyos contactos habían sido centrales para su rápido ascenso en el escalafón judicial— sirvió para que Santiago Bossia entendiera la medida del caso. Y cuál sería su rol en él.

Hernández, que había sido compañero del padre de Santiago en la carrera de Derecho y en el club de rugby Pucará, era en ese momento jefe de gabinete de la Nación —quince años después, aunque entonces nadie podía saberlo, llegaría a un puesto mucho más importante— y, a su vez, habitué del Imperio y amigote del señor Machi.

—Me pide la familia, como un favor personal, que la investigación la lleve el comisario Marino, de la Tercera de Munro, ¿podrá hacerse?

Con treinta años recién cumplidos, Santiago Bossia —presidente del Centro de Estudiantes del Nacional Buenos Aires a mediados de los ochenta, militante de Franja Morada durante su paso por la UBA, con una cómoda distancia de la política partidaria desde que empezara a ejercer como abogado— tenía una vaga simpatía por el gobierno nacional, algunas deudas con Hernández, muchas ambiciones y pocos escrúpulos.

Por todo eso no dijo que el pedido ya le había sido hecho por el doctor Cornejo Valadares ni que ya se había comunicado con Marino. Por el contrario, hizo una pausa, como si estuviera evaluando los alcances del favor, antes de contestar:

—Por supuesto, Roberto. Ya me ocupo de eso.

—Mil gracias, che. —El tono de Hernández era campechano—. Te debo una.

Entonces el comisario Marino, hijo, nieto y sobrino de policías, que llevaba veintiuno de sus cuarenta y un años en la Bonaerense —sobreviviente, junto a su mentor, el comisario mayor Villagra, de las purgas del 97—, de quien se decía que había asesinado a su primera esposa con su propia reglamentaria y lo había hecho pasar por suicidio, dueño de un desarmadero de autos en Camino Negro y otro en Warnes, compinche del señor Machi —y socio en algunos negocios menores, en su mayoría ligados a la prostitución—, como antes lo había sido del amigo de ambos Alejandro *el Loco* Wilkinson, se transformó en el segundo lado del triángulo escaleno de la investigación. Sólo que en lugar de reportar al fiscal de la causa, Bossia, lo hacía al fiscal de Casación de la Nación, Federico Cornejo Valadares.

Cornejo Valadares no había conocido al señor Machi. Era, en cambio, amigo de la familia de la esposa de éste, los Mejía Durán. Sobre todo de don Alfredo.

Lo que para Cornejo Valadares empezó como un favor personal a su amigo terminaría dándole una herramienta para deshacerse de un viejo enemigo íntimo —el juez Sartelli—, a quien lo unían diez años de resentimiento desde que llevara adelante una causa contra otro amigo suyo, el coronel Bermúdez, por la apropiación de una menor, hija de desaparecidos, nacida en cautiverio durante la dictadura.

Así, concluye Fermín ahora, con el fiscal a cargo a cargo de nada, un comisario de otra jurisdicción usándola para tratar de que sus negocios no se vieran afectados y rindiendo cuentas a un alto funcionario del Poder Judicial cuyos intereses eran, a su vez, hacerle un favor a un amigo de su familia y hundir a un antiguo rival de carrera, sólo un milagro —que no sucedió— podría haber llevado la investigación a buen puerto.

Bitácora

Muchas veces es como si no hubiera aprendido nada de los textos anteriores, de las horas y horas sentado frente a este teclado. Como si cada vez fuera un novato ante la pantalla en blanco, la hoja en blanco, la historia en blanco. Y todas las herramientas parecen insuficientes.

Pero hay otras veces que es peor.

Esas veces —esta vez— tengo la sensación de que las hubiera aprendido y ahora esas herramientas tuvieran la forma de pequeños trucos, de trampas que me hago a mí mismo o al lector. Quedo entonces solo, cara a cara con el texto posible, tratando de pensar cómo hubiera contado esto si no supiera lo que sé, atacado en una maniobra de pinzas por el deseo de contar con pericia y el de hacerlo con frescura, mientras mis dudas avanzan, en cerrada formación, desde la retaguardia.

Por ejemplo: nombrar tres veces a don Alfredo Mejía Durán antes de explicar quién es, ¿tiene algún sentido?, ¿suma algo a la historia que trato de contar?, ¿o esa yuxtaposición diferida es apenas un mecanismo para borronear la información, diluirla, hacerla opaca?

O, ¿por qué contar antes el 30 de septiembre que el 3 de agosto?, ¿ayuda ese orden a clarificar los hechos o los confunde?

20.
Materiales

«Los siguientes puntos son una guía que organiza la información que deberá recabarse. Debe tenerse en cuenta que es orientativa para recabar la información necesaria para la búsqueda y la misma puede variar dependiendo de la edad de la persona ausente, las condiciones de salud, las rutinas, etc. (por ejemplo, no es lo mismo buscar a un niño que a un adulto, etc.).

a) Información sobre la persona ausentada:

Datos personales: Se deberá consignar el nombre completo, sobrenombres o apodos, documentos de identificación personal (DNI, pasaporte, cédulas), fecha de nacimiento, edad aparente, sexo, apariencia sexual, domicilio, teléfonos, estado civil, si al momento del ausentamiento se encontraba en una relación de pareja y si se trataba de una relación formal o informal, estable o no, nombre de la pareja y de las personas con las que convive, personas a cargo, ocupación (trabajo, estudio, deportes, hobbies, etc.), lugar donde practica dichas ocupaciones y horarios. Se debe indagar sobre disponibilidad de otras viviendas (zonas serranas, lugares vacacionales, zona rural).

Datos de contacto de personas a las que pudiera pedir ayuda: Especificar si tiene amigos, familiares, conocidos en otras ciudades, provincias, países. En tal caso requerir datos de contacto, si solía visitarlos, con qué frecuencia y si tenía pensado o planificado un viaje.

Descripción general: Se le debe pedir al denunciante o testigo la descripción general de la persona que se ausentó, teniendo en cuenta la estatura, contextura física, cabello (color, ondulado/lacio, largo, tipo de peinado que habitualmente usa), color de piel, señas o marcas particulares tales como lunares, tatuajes, piercings, expansores, cicatrices, particularidades físicas y mentales (ej.: problemas motrices, en el habla y/o expresión, persona con discapacidad, entre otras).

Descripción de la vestimenta y objetos personales que llevaba al momento de ser vista por última vez: Se le debe solicitar al denunciante o testigo la descripción detallada de cómo vestía la persona la última vez que fue vista (describir ropa, calzado, accesorios, alhajas, etc.).

También se le debe solicitar una descripción de los objetos que llevaba consigo: cartera/bolso, documentos de identidad (DNI, pasaporte, etc.), teléfono celular, dinero, tarjetas de crédito/débito, abono/tarjeta de transporte público, medicación, títulos de propiedad, entre otros elementos.

Se debe requerir una fotografía reciente y autorización para su difusión.

b) Circunstancias que rodean al ausentamiento:

Se deberá indagar cómo, cuándo y en qué circunstancias fue advertida su ausencia (ejemplo, si la persona ausente no regresó a su domicilio en el tiempo esperado, no llegó a su destino, no estaba en su domicilio, no se presentó a trabajar, no realizó alguna actividad que tenía previsto realizar, interrumpió o no realizó actividades que rutinariamente llevaba a cabo, etc.). Especificar, si es posible, desde cuándo la persona se encuentra ausente. Señalar también si dejó despojadas de cuidados a personas que dependían de él o ella (niños, ancianos, enfermos u otras personas). Reconstruir los últimos momentos en los que la persona ausente fue vista: quién la vio por última vez, cuándo, dónde, con quién fue vista, qué estaba haciendo o qué se disponía a hacer, si fue o se dirigía hacia algún lugar, con quién mantuvo comunicación verbal o telefónica, por redes sociales, si quedó de encontrarse con alguien, si se encontró con esa persona, qué estado de ánimo tenía (nerviosa, preocupada, agitada, abatida, eufórica, hiperalerta, entre otros), etc.».

(Protocolo de actuación para casos de Personas Desaparecidas y Extraviadas. Anexo I)

21.

Las horas siguientes a la desaparición del señor Machi y su automóvil —casi como una unidad, el auto como extensión y confirmación de lo que el señor Machi era o creía ser— fueron de mucha confusión.

En algún momento, después de que fuera hecha la denuncia por ausentamiento de persona, alguien avisó a alguien que se comunicó con Mirta, la esposa, que estaba en Santa Fe en la casa de su padre, y unas horas después tanto ella como Alan, el hijo, estaban volviendo a Buenos Aires, acompañados por don Alfredo Mejía Durán, padre de Mirta, abuelo de Alan, suegro del señor Machi, al que en público llamaba Luisito y, en su fuero íntimo, ese advenedizo bastardo.

La Dodge Journey 4x4 desandaba la Panamericana con don Alfredo en el asiento trasero, junto a su hija; en el del acompañante, Alan, mirando de reojo cada vez que podía a Ruben, chofer y hombre de confianza de la familia Mejía Durán, que iba al volante. Lo que Alan no sabía —nadie más que ellos dos lo sabía, de hecho, y en verdad no viene a cuento de esta historia— es que había sido con Ruben que su madre había perdido la virginidad treinta años antes.

Al llegar, Alan y Mirta se quedaron en El Barrio, y ahí se reunieron con Luciana —faltaban años para que empezara a hacerse llamar Luz— y Fermín.

Don Alfredo Mejía Durán, entre tanto, llamó a los colaboradores más cercanos del señor Machi —Pereyra, el jefe de seguridad; Ernesto, el encargado del Imperio; Silvia, a la que su hija llamaba la putita esa que le hace de secretaria; y el jefe de cocina, Carlos Amante— para organizar una reunión. Y a un fiscal amigo suyo —Federico Cornejo Valadares— para pedirle que, ya que la gente del country había hecho una denuncia, el asunto lo llevara un comisario amigo de la familia y que fuera tratado con discreción. Después fue al Imperio, donde suponía que el señor Machi aparecería esa noche.

No bien su padre se fue, Mirta también hizo algunos llamados: al doctor Morelli, abogado de la familia, y a algunos amigos influyentes de su esposo.

La maquinaria ya está en marcha, pensó.

Entonces se tomó dos clona y un whisky y se fue a la cama.

—Cuando aparezca me despiertan —dijo—. Si pueden.

22.

Claro que me acuerdo de vos, querido, ¿cómo no me voy a acordar? Si estás igualito. Un poco más gordito, capaz, ¿no? Hay que cuidarse. Así las actrices no te van a llevar más el apunte, eh.

Es un chiste, querido, no me tenés que explicar nada, por favor.

Pero lo que es en serio es que tenés que bajar esa pancita. Por lo menos te sacaste esa barba que tenías. Es una lástima, un muchacho tan... buen mozo, que te dejes estar.

Mirá yo, cómo me mantengo. Y eso que tengo... Bueno, ya sabés, una dama nunca dice su edad.

Así que estás escribiendo sobre Luis, Dios lo tenga en su santa gloria. ¿Y cómo es eso? ¿Luz te convenció? Viste que no le podemos decir más Luciana, ¿no? Ni Luli, Lula, nada.

Bueno, eso no importa ahora. Hablábamos de lo que estás escribiendo, ¿ella te dijo, querido? Y claro, es que aunque a veces se haga la que no le importa tanto, fue un golpe muy duro para ella. Para toda la familia. Luis era... Ay, qué te digo, querido, era un hombre único.

Claro, vos querés saber de aquel día...

Te cuento, por supuesto. Aunque te tengo que advertir que esto ya lo repetí tantas veces que no sé qué parte corresponde a mis recuerdos y qué parte a lo que dije y me dije una y otra vez a lo largo de todos estos años.

Bueno, fue así: esa mañana Luis y yo habíamos tenido una discusión. Nada muy grave, cosas normales, de pareja. Vos sabés cómo era Luis...

Sí, es cierto, pero aunque no lo hayas tratado mucho, Luz te habrá contado.

Era, cómo decirte, muy hombre, ¿viste? Muy de la noche, los amigos, las copas. Las amiguitas... Vos me entendés, querido, no me hagas decir cosas que una dama no dice.

Y ese día habíamos discutido por alguna estupidez. Qué sé yo, lo pienso ahora, lo pensé tantas veces, me pregunto cómo hubiera sido todo si, cuando llegó a casa, hubiéramos estado.

Quién sabe.

Quizá hoy estábamos juntos, felices, haciéndonos grandes uno al lado del otro, como siempre habíamos soñado.

O no.

Quizá, además de él, también faltaríamos Alan y yo.

No sé. Perdoná las lágrimas, siempre me pongo así cuando hablo de mi Luis, Dios lo tenga en su santa gloria.

Te decía que no sé qué hubiera pasado si hubiéramos estado acá. Porque no estuvimos y eso es todo.

Habíamos discutido por alguna tontería —perdón que me repita, querido, es que todavía hoy me cuesta creerlo— y yo había decidido irme unos días a la casa de papá.

¡Claro que por unos días! ¿Cómo se te ocurre? ¡Me fui con Alan y toda nuestra ropa para darle algo más de dramatismo a la escena! Si hasta a la doméstica nos llevamos con nosotros. Pero, por amor de Dios santo, yo sabía que era una más de nuestras discusiones menores. Peleítas normales, ya sabés, cosas de pareja. Yo me iba unos días a lo de papá, él me llamaba, nos reconciliábamos y durante un tiempo andábamos bien.

Yo, querido, te digo con la mano en el corazón y con Dios de testigo, lo amé mucho. Pero ser la esposa de Luis Machi era difícil. Es que él era muy hombre, ¿viste?

Hacía apenas unas horas que habíamos llegado cuando recibimos el llamado: la casa abierta, el garaje vacío y ni rastros de él ni el auto.

En ese momento, te soy sincera, querido, no me preocupé, me imaginé que había llegado y, con la rabia de encontrar que nos habíamos ido, habría salido con alguno de sus amigotes. O de sus amiguitas.

Pero papá llamó a un fiscal amigo suyo y dijo que volviéramos. Que él nos acompañaba y, de paso, hablaba con Luis sobre nuestras discusiones. Yo intenté convencerlo de que mejor esperáramos. No quería volver todavía, era rendirme sin dar pelea.

Pero papá pensaba que hacía falta que tuvieran una charla entre hombres. Cara a cara.

Y, así como lo ves ahora, que casi no se le entiende lo que dice porque repite siempre lo mismo —todo ese discurso de no hacer preguntas y tomar decisiones— y ni comer solo puede, vos te debés acordar lo que era mi papá en esa época. Si decía una cosa, esa cosa se hacía y punto.

Así que cuando él dijo que volvíamos...

Ni llegamos a desempacar que ya estábamos otra vez en la ruta.

23.
30 de septiembre de 2015

Desde temprano los mensajes calientan el ambiente. Lo van preparando como una fogata que debe durar. Tengo una sorpresa, dice Luz, algo que me compré. Yo también, responde Fermín, algo que instalé. Hay fotos, propuestas, narraciones de lo que imaginan que harán en un rato, de lo que planifican, de lo que desean. El deseo es la madera pero también la llama, el significado del fuego. Pronto los nombres se reemplazan por funciones —amo, puta, cachorra, señor— y los dos sienten, dentro, el crepitar de la hoguera que crece. Un cosquilleo.

Cuando Luz llega casi no pueden esperar. Se besan en el ascensor, con desespero, los interminables ocho pisos. Pero la clase de juego que les gusta jugar requiere paciencia, cierta dilación, así que cuando entran al departamento Fer va a buscar unas cervezas y Luz se entretiene mirando el archivo abierto en la computadora, los apuntes que hay sobre el escritorio.

—Quiero hablar con tu abuelo —dice cuando vuelve con las birras servidas en vasos helados—, es el testimonio que me falta y estoy seguro de que hay algo ahí. Algo que se me escapa.

Se miran a los ojos, no vaya a ser cosa, y chocan los vasos.

—¡Salud!

Hay una pausa para el primer trago, para paladear la cerveza, para controlar y descontrolar el cosquilleo.

—Va a ser difícil —dice Luz—. Está viejo y muy jodido de la bocha. Pierde las palabras o las repite sin sentido.

—Pero habla...

—Sí. Hablar habla pero...

—¿Entonces? Algo me podrá decir y una voz narrativa rota siempre funciona en un relato así.

Luz saca un pucho y con un gesto pregunta si puede. Fer asiente. Hay una nueva pausa, como si los dos usaran esos gestos para ganar tiempo, para calibrar. Tras el humo de la segunda pitada Luz vuelve a hablar.

—Si querés vamos juntos a Santa Fe. Podemos parar en Los Patos. Pasar un fin de semana. Yo a la clínica no voy, pero aviso para que te dejen visitarlo. Te puedo esperar en la estancia. Y cuando vuelvas me atás al árbol preferido de mi abuelo...

Las pupilas de Fer se dilatan y se contraen en un segundo. Imagina o recuerda el árbol y aviva la llama del deseo. Pero todavía habrá una estación más antes de llegar a la fogata. Ella le sonríe tras el cigarrillo y el vaso.

—Hablando del árbol de mi abuelo, al final nunca te conté lo de la luz mala, ¿no? —pregunta.

24.

Hacía poco que había llegado de Venezuela. Quizá fuera la primera vez, o por lo menos una de las primeras, que íbamos a Los Patos desde mi vuelta.

La habíamos pasado muy bien y, de alguna manera, me sentía en casa. A la mañana, después de los mates, le había enseñado a Naira a montar a caballo y a la tarde, después del asado, en pareja con el abuelo le habíamos ganado un torneíto al mejor de cinco a Alan y el novio, el que se suponía que era novio mío.

Un día hermoso que no quería que terminara. Pero terminó.

Debían ser más de las doce y todos se habían ido a dormir. La noche estaba despejada y fresca, un cielo lleno de estrellas pero, así y todo, con una oscuridad que no conocemos acá en la ciudad. ¿Viste que nunca está oscuro acá? Esa combinación de oscuridad y cielo estrellado sólo puede darla el campo. Igual que el silencio. Eso es otra cosa que no sabemos qué es en la ciudad: el silencio.

Me había desvelado así que me puse el tapado de Naira para sentir su olor cerca y salí a fumar un pucho. Estaba terminándolo cuando escuché la voz del abuelo.

Mirá, dijo.

A unos treinta metros de la casa está su árbol. El viejo ibirá pitá abajo del cual le gustaba sentarse a ma-

tear o a adormilarse un rato después del almuerzo. Bueno, cerquita del árbol, a unos tres o cuatro pasos, hubo una fosforescencia. Una luminosidad de la gama del verde que bailaba un poco por encima del suelo.

¿Viste una luz mala alguna vez?

Sí, fuego fatuo, ya sé. ¿Pero alguna vez viste?

Porque aunque uno sepa que suelen ser huesos de algún animalito que quedó por ahí, es un momento asombroso.

Bueno, la cosa es que, con ironía pero disfrutando el espectáculo, le dije: ¡fa, una luz mala! Los Patos me recibe con toda la experiencia del campo argentino: mate, asado, truco y ahora esto.

Vos reíte, me contestó mi abuelo, pero capaz algo de eso hay.

¿Algo de qué?, le pregunté, y él dio unos pasos y cruzó su brazo sobre mis hombros.

Vino a verte a vos, Luciana, me dijo, ¿no hay nadie de quien quieras despedirte? Pensá que puede ser él que te está dando esta oportunidad. Aprovechala, Luciana, despedite.

Su aliento olía a whisky y a tabaco.

Despedite, repitió, deshizo el abrazo como si no hubiera sucedido y se fue para adentro.

Chau, papi, dije entonces sin saber muy bien por qué.

Un momento después la luminosidad cesó y la noche volvió a estar oscura y estrellada al mismo tiempo, como sólo puede estar en el campo.

Y yo pude llorar, al fin, sin que nadie me viera.

25.
30 de septiembre de 2015

Con la historia de la luz mala todavía en el aire, Luz le dice que va al baño a ponerse eso que compró. Cuando pasa junto a Fer, él le da un chirlo en la cola, suave, poco más que un mimo, bastante menos que un golpe.

Ríen.

—Dale, andá, que yo voy preparando todo.

Ya en el cuarto, Fer engancha en una polea que cuelga del techo una gruesa cadena que termina en juego de esposas de acero, calcula la altura de Luz con los brazos extendidos, ajusta la cadena, la traba. En la unión de las esposas engancha otra cadena, con un collar en el extremo, también de acero. Después dispone, en una pequeña mesa de madera, los demás elementos: unos broches de acero unidos con una cadenita, una especie de plumero hecho con tiras de cuero —un *flogger*, dirá Luz, a quien le gustan los nombres de esas cosas—, dos velas, un encendedor, un antifaz, una fusta, una varilla de madera.

Acomoda el celular para filmarlo todo. Entonces ve, en la pantalla, la fecha. Hace justo nueve años de la noche en que Luciana y él rompieron.

Qué adecuado, piensa.

A sus espaldas oye la voz que dice:

—Ay.

Se da vuelta y la ve.

Deslumbrante.

Tiene un liguero que le cruza las piernas, la cintura y bordea sus tetas. Lleva los ojos ámbar —apenas más claros que el pelo cortísimo— maquillados de negro.

—Las lágrimas me van a hacer correr la pintura —dice.

Cómo me calienta esta mujer, piensa él y va a bajar la persiana.

Del otro lado de la ventana, en el cielo gris cargado de una tormenta que no se decide a ser, un montón de pájaros nocturnos que de lejos parecen moscas levantan vuelo, se recortan sobre las nubes y desaparecen rumbo al sur.

26.

El Imperio era un enjambre de murmullos, rumores, fragmentos de versiones secreteadas. Todos creían conocer —o quizá conocían— una parte de la historia, de las múltiples partes de la historia que habían hecho posible eso que era impensado: que el señor Machi se ausentara del Imperio, su negocio, la tanguería para turistas más importante de Buenos Aires.

—Aunque no hay motivos para pensar que le haya pasado nada malo, y antes de que esto se haga más grande, quiero que...

—Disculpe, don Alfredo, pero si no pasó nada malo, ¿por qué se llamó a la policía? —dijo hipando Silvia, secretaria del señor Machi. Tenía treinta años y un hijo de ocho. Tenía también la cabeza teñida de un rubio rotundo como una afirmación y ningún otro pelo en ninguna parte del cuerpo que pudiera desmentirla. Había una potencialidad de lágrimas amenazando el esmerado maquillaje de sus ojos y repetía el gesto de masajearse con una suavidad un poco brusca el tabique nasal.

Don Alfredo Mejía Durán le miró las tetas, contenidas con dificultad en la camisa entallada, antes de contestarle que no se había llamado a la policía —acentuando la palabra *se* para que hasta ella, pensó, pudiera entender las dificultades de la voz pasiva— sino que alguien lo había hecho.

—El personal de seguridad del country al que Luisito llevó a vivir a mi hija —dijo.

Lo que no dijo, aunque lo pensara, es que eso es lo que les pasa a los que siendo patrones viven como empleados y dejan el cuidado de sus intereses a un consorcio, igual que si habitaran en un edificio de departamentos en Barracas.

—De haber llegado yo con mi hija o alguno de mis nietos antes, todos nos habríamos ahorrado el mal trago de tener que tratar con la policía.

—Pero usted no vino desde Santa Fe de paseo... —afirmó a la vez que sugirió el Cloaca Pereyra, jefe de seguridad y mano derecha del señor Machi. Un tipo turbio y peligrosísimo ligado a los grupos de tareas de la dictadura. Tenía el bigote tupido y manchado de tabaco, una cicatriz que le trepaba por la mejilla derecha y el cuerpo encorvado de un boxeador en el noveno round.

—A lo que yo vine, señores —dijo don Alfredo e incluyó a Silvia en el genérico, aun sin dejar de mirarle las tetas—, es a acompañar a mi hija y mis nietos y traerles tranquilidad a ustedes. Para eso, como se imaginarán, necesito dejar de perder el tiempo contestando preguntas. Vine —repitió como queriendo convencerse— a acompañar a mi hija en este mal momento: nunca es divertido para una mujer no saber dónde anda su marido, aunque éste se haya ido de juerga. Y a ocuparme de que este negocio funcione hasta que Luisito llegue y podamos terminar con tanta comedia.

Todos en la habitación —el Cloaca, Silvia, pero también Eduardo, encargado del personal, y Carlos Amante, jefe de cocina— estaban acostumbrados a eso: a que alguien tomara el mando. A responder sin preguntar, a recibir órdenes. Había, para los cuatro, algo tranquilizador en esas palabras, así que don Alfredo pudo seguir sin interrupciones.

—Entonces, de a uno por vez, quiero que me digan cuándo vieron o hablaron con Luisito por última vez y si alguno tiene idea de dónde puede estar. Y después de eso, se los pido como un favor personal, silencio. Me gustaría que todos ustedes hagan silencio y que usted, Pereyra, se ocupe de que todos los demás allá afuera entiendan que tienen que hacer silencio también, hasta que se les pida lo contrario.

—Por supuesto, señor Mejía Durán.

Entonces le contaron.

Empezó Carlos Amante: lo había visto por última vez a eso de las dos de la mañana, al cerrar la cocina, después del segundo show.

—Estaba igual que siempre —dijo, como si eso tuviera algún significado.

Silvia, en cambio, dijo que se despidieron a las seis y pico de la mañana. Pereyra agregó que el encargado del estacionamiento lo vio salir con el auto, solo, más o menos a esa hora. Lo último que Machi le había dicho a Silvia fue que se acordara de que esa noche iban los mexicanos, que arreglara todo con Eduardo y Pereyra.

—Y eso hice —aclaró.

Pereyra dudaba sobre qué debería contarle a don Alfredo y qué no. No quería problemas con el jefe cuando volviera. Pero todo el asunto olía mal —yo, pensó, más que todos estos chupapijas pelotudos y este viejo cheto malcogido, sé cuándo las cosas se embarran de mierda para el carajo— y no podía quedar pegado.

Así que terminó diciendo lo que sabía: había habido una serie de llamados cruzados sin respuesta hasta que, a media mañana, habían logrado comunicarse. Machi entonces le había dicho que se verían en El Imperio a eso de las seis.

—Es decir —miró el reloj o fingió que lo miraba—, hace tres horas.

El turno de Eduardo: a él lo había llamado al mediodía. No sabía bien la hora porque estaba durmiendo. Lo que sabía era lo que le había ordenado: que consiguiera una alfombra de baúl y una rueda de auxilio nueva para el BMW.

Estaban en eso cuando sonó el interno de la oficina.

—¿Sí? —respondió don Alfredo y escuchó—. ¿Quién? Que espere, ahora mando a alguien.

Cortó.

—Afuera está un tal Jacobo que insiste en que tiene un negocio que atender con Luisito, ¿quién se ocupa?

—Yo me encargo —respondió Pereyra, que reconoció el nombre del dealer y pensó que si el Jako y su bolsa llena de magia blanca estaban ahí era posible que su jefe apareciera pronto.

27.

Cuando lo vi venir, dice el Jako, ya sabía que algo malo había pasado.

En este laburo lo más importante, dice cada vez que se le presenta la oportunidad, con aires de quien da cátedra de un tema que muy pocas —muy, muy pocas— personas dominan, es estar atento, siempre.

Alerta, dice.

Tener las alarmas prendidas y los sentidos preparados. Y aprender a leer las señales que permanecen invisibles, dice el Jako, le da una seca larga al porro que suele tener en la mano, entrecierra los ojos y vuelve a abrirlos enseguida, de pronto, como un animal que escucha a un predador.

Alerta, repite entonces, y se ríe.

* * *

Empezó repartiendo unos pocos papeles para Lima, un narco del Barrio La Cachila que había conocido mucho tiempo antes, cuando los dos eran poco más que adolescentes y trabajaban en la barra de Sub Club, de Avellaneda. Después de que renunciara o lo echaran, no recuerda, pasaron años hasta el reencuentro. Lima pidió un remís. Le mandaron el Corsa bordó que manejaba el Jako. Charlaron durante el viaje y quedaron en verse esa noche. Fueron a tomar unas chelas bien helenas —así decía Lima cerveza fría—, y para la segunda botella vacía ya habían acordado que, aprovechando el trabajo de remisero, el Jako haría repartos de menudeo en la franja este de la zona sur.

La primera vez en la que estuvo a punto de caer, a la vuelta de la cancha de Lanús, interceptado por un coche de civil de la Bonaerense, zafó entregando tres lucas y unos papeles.

—Pero andá con cuidado —le dijo uno de los policías—, no te agarramos de casualidad, eh. Te andábamos buscando. Todos saben del puntero del Corsa bordó.

Todavía hubo otro aviso.

Semanas después le atravesaron un auto mientras hacía un pasamano desde la ventanilla del Corsa. Tuvo que salir arando, a contramano por Pavón, y guardarse poco más de un mes en el garaje de un amigo en Valentín Alsina. No salía ni a comprar el pan. Pero aprendió la lección. Cambió el auto, y eso mismo haría cada pocos meses. Y dejó de pensar en términos de espacios geográficos. No repartiría más en una zona, lo que él necesitaba era asegurarse una cartera de clientes. Así, vendiendo la merca sin cortar, contacto con contacto, con paciencia y menos ganancia de la que podría haber hecho, armó su kiosco.

Fue en esa etapa que se transformó en dealer del señor Machi.

Lima, en cambio, perdió en un tiroteo en el Bajo Flores un año después.

* * *

Si hubiera estado despierto, atento, dice el Jako con la mirada perdida entre las volutas del humo del porro, nunca hubiera caído. Lima era rápido para los números y excelente negociando, pero este trabajo requiere algo más, dice, hace falta un plus. Y él se había achanchado. Tanto tiempo jugando en primera le hizo creer que podía relajarse. Y en este laburo, la sonrisa boba de la marihuana distorsiona la cara del Jako, lo importante es estar siempre alerta. Y no cagar más alto de lo que te da el culo.

Entonces, cuando Lima perdió, el Jako lo único que hizo fue subir en la escala de a quién le compraba. Pero no intentó vender más ni acrecentar su zona ni conseguir subdistribuidores. Nada de cagar más alto que el propio culo.

Laburo dos horas por día, dice, casi siempre voy a casas seguras, vuelvo con los bolsillos cargados. No tengo a la yuta atrás y el otro peligro, los revientatransas… Bueno, dice sonriendo, ellos creen que conmigo no se jode.

***

Cerca de Navidad de 2003 el Jako recibió un llamado de la Flaca Celia, una exnovia de un pasado anterior al pasado. El hermano, Toto, que había sido compañero del Jako en la escuela primaria, acababa de salir de la cárcel y necesitaba guita. Con Marquiitoh, el nuevo novio de Celia, y su banda, unos pesados del Barrio Nueve, habían vuelto a su negocio de siempre: reventar transas. Es decir, robarles a vendedores de drogas. Es un laburo limpio: los transas suelen tener guita fresca en las casas —la venta de droga es un negocio que no se lleva bien con la bancarización— y, en la mayoría de los casos, no oponen resistencia. Y, por supuesto, no hacen denuncias policiales.

—Consiguieron tu dirección —le dijo Celia—, y van a ir esta noche. Saben a qué hora salís a repartir. Te aviso para que encanutes lo que puedas y trates de no estar. Ya sabés que no es plan lastimar a nadie pero…

—Gracias, Flaca. Ahora agarro las cosas y me voy.

Pero el Jako no se fue. Escondió algo de plata —aunque dejó lo suficiente como para que Toto y su banda no se enfurecieran—, la droga y dos armas en un baldío a cinco cuadras de su casa y volvió a esperarlos. Llamó a un amigo y le pidió que fuera tipo once de la noche. Te dejo abierto, dijo. Puso música y se prendió un porro.

Llegaron pasadas las ocho. Lo ataron, le pegaron un par de cachetazos.

—¿Dónde tenés la guita? —le preguntó Toto.

—En el tercer cajón de la mesa de luz, en un doble fondo —contestó y agregó—: Esta vez y estamos, ¿no, Toto?

Su antiguo compañero de escuela no llegó a hablar. Fue Marquiitoh el que respondió:

—Todas las veces que se nos canten las pelotas. —Y le pegó una trompada que le cerró el ojo derecho.

Se llevaron el auto, un equipo de música, dos computadoras, la tele, la guita que había quedado y una campera de cuero marrón.

—Nos conocemos hace años, Toto.

—Negocios son negocios, Jako, ya sabés.

—Está bien, hermano, como digas.

A las once, cuando llegó su amigo y lo desató, fue a darse una ducha. Tres horas después le estaba haciendo la entrega semanal al señor Machi.

—Perdón la tardanza —dijo—, hay un papel extra como disculpa.

—¿Qué te pasó en el ojo, nene?

—Gajes del oficio.

El señor Machi se rio. Mientras se preparaba tres rayas gruesas le pidió que le contara. Siempre le habían gustado las historias de delincuentes. Cuando el Jako terminó el relato, el señor Machi, las pupilas dilatadas, el flujo sanguíneo recorriendo su cuerpo como un caballo joven, se dio vuelta hacia Pereyra.

—Cloaca, podemos hacer algo acá por el amigo, ¿no te parece?

—Lo que usted ordene, señor.

Así, unos días después, Toto y su banda, pero también los otros revientatransas de zona sur, supieron que era mejor no tener al Jako como objetivo.

Por todo eso, porque estaba siempre alerta y atento a las señales, pero también porque lo conocía bien, porque sabía de su extrema peligrosidad y la lealtad a su jefe, aquella noche del 5 de octubre de 2005, cuando vio que el Cloaca Pereyra se acercaba a paso firme hacia él, el Jako supo que algo había pasado con su mejor cliente.

Algo malo.

28.

Y algo malo debía haber pasado porque el señor Machi no apareció esa noche ni la siguiente.

Entonces el comisario Marino recibió una llamada de la esposa y entendió que quizá las cosas, al contrario de lo que había pensado en un primer momento, no fueran a arreglarse solas.

—Si esta noche no aparece... —dijo la mujer e hizo una pausa.

Tiene la voz borrosa por el alcohol y los barbitúricos, pensó Marino.

—... es porque le pasó algo. Quiero saber cómo actuar. Hay mucho en juego.

—Con el debido respeto, señora Machi, me atrevo a decirle que, en mi vasta experiencia, ese tiempo no es suficiente para hacerse una idea acabada de lo...

—Mi experiencia con el hijo de mil putas de mi esposo —las brumas en la voz de la mujer crecían como un río turbulento— es que puede borrarse de mi vida o la de sus hijos en cualquier momento, pero no pasa una noche, ni qué decir dos, sin ir a su negocio a menos que lo haya planificado con mucha antelación. Entonces, comisario, quiero saber lo que hay que hacer en caso de que esta noche no aparezca.

Lo que hay que hacer, pensó el comisario Marino, todos quieren saber eso. Todos queremos.

—Lo que yo tengo que hacer, señora, es investigar. Y lo que usted debería hacer es esperar. O consultar a un abogado.

La siguiente llamada, claro, fue del abogado. No, todavía no podía darse por sentada la muerte. Sí, él también conocía la ley. Usted haga su trabajo, doctor Morelli, que yo trataré de hacer el mío.

No había terminado de colgar cuando volvió a sonar el teléfono. Era el fiscal de Casación Penal de la Nación, doctor Cornejo Valadares, que, como ya le había advertido Bossia, lo llamaba para pedirle resultados. Y discreción. Que el padre de la señora era un viejo amigo de la familia, dijo.

—Revise las llamadas, comisario. Interrogue a todo el mundo. Y manténgame informado.

—Cuente con eso, doctor —contestó el comisario Marino y puso las cosas en marcha. Ésa no era una llamada que se pudiera ignorar.

Pese a todo —igual que cuando habían interrogado a los guardias y a Mariela Báez y sus amigas—, después de pedir los cruces de llamados y mensajes del teléfono celular, que llegarían ese día, después de entrevistar a los empleados del Imperio —muy reacios a hablar— y de revisar las cámaras de seguridad de toda la zona, después de rastrear los últimos gastos que Machi había hecho con la tarjeta de crédito —un mapa absurdo que incluía la compra de un alicate para cortar cadenas en Florida, una carga de combustible en La Reja y, algunas horas más tarde, cuatro libros, dos discos y dos DVD en un shopping de Zona Norte—, lo que tenía sumaba cero.

Cero.

El BMW —todo hacía suponer que con su dueño adentro, aunque nadie se animaba a asegurar si al volante o contra su voluntad— había salido a toda velocidad por la puerta secundaria de El Barrio Country Club, y eso era todo. El señor Machi seguía sin aparecer, y él estaba en cero.

29.

Ahora, así como te digo una cosa, querido, te digo la otra, mientras el primer día yo pensé que no pasaba nada, que mi Luis, en paz descanse, se habría ido con alguno de sus amigos, cuando esa noche no apareció en El Imperio supe que algo andaba mal. Eso era imposible para él.

Luis podía tener sus cosas, pero como era muy hombre para unas cosas también lo era para las otras, y si había algo que no era capaz de hacer era descuidar el negocio.

El Imperio paga cada cosa en nuestras vidas, Mirta, me decía cuando yo le pedía que no fuera alguna noche. Nunca, ni una noche, desde que abrió, faltó sin haberlo planificado, sin haber dejado todo listo antes. Ni una. Y eso que abría todos los días de la semana, cada día del año. No sé cómo será ahora, hace mucho se lo vendimos a los hijos del viejo Rogelio, de Doctor Tango. Pero mientras mi Luis estuvo al frente El Imperio nunca cerró. Ni una noche.

Así que, cuando supe que a la noche no había ido para allá, enseguida hablé con el comisario que tenía la causa, que era amigo suyo, además. Alguna vez había venido a cenar y todo.

Todavía es muy pronto, me dijo, tenemos que esperar.

Esperar qué, me preguntaba yo. Si ya sabía que algo malo había pasado.

Una mujer sabe, ¿entendés, querido?, es como un sexto sentido, una... cómo te lo puedo explicar... intuición. Una sabe cuándo le pasó algo al hombre que ama. Y yo lo supe.

Hablé con el doctor Morelli para que los presionara. Si podíamos encontrarlo tenía que ser pronto. Pronto. Sin demora.

Algo acá —dame la mano, querido; sentí, no te pongas nervioso que podría ser tu madre yo—, acá, me decía que mi Luis estaba en peligro.

¡Ah, cuando papá se enteró! ¡De todo me dijo!

Yo, moviendo mis contactos, hablé con mi amigo Cornejo Valadares para que ponga al policía ese amigo de ustedes y le ponga discreción a este affaire y vos lo llamás para apurarlo, me gritó. Ni se te ocurra hacer nada más sin que yo te lo diga, me dijo, qué te creíste.

Pero el asunto no era lo que yo creía sino lo que yo sabía —lo que sabía acá—, lo que él y todos los demás entendieron dos noches después, querido, cuando explotó el auto.

Y era que a mi Luis, Dios lo tenga en su lecho, le había pasado algo.

30.

—Comisario, acá están los cruces del teléfono que pidió.

Marino se acercó a la ventana de su oficina con los papeles y prendió un cigarrillo. A la tercera pitada encontró un nombre que podía complicarlo todo.

—López —gritó.

La joven asistente golpeó dos veces antes de abrir la puerta del despacho.

—¿Sí, señor?

—Comuníqueme con el doctor Cornejo Valadares. Urgente.

El fiscal lo atendió enseguida. Entre las llamadas cruzadas, dijo el comisario Marino, había varias al juez Sartelli. Quería saber qué le parecía a usted que hiciéramos al respecto, agregó.

—Como me dijo que lo mantuviera informado, me permití molestarlo.

—Ante todo le quiero agradecer, comisario, que haya tenido la deferencia de avisarme esto antes de actuar.

Marino entonces escuchó —nadie llega a un puesto como el suyo en la estructura de la Bonaerense sin aprender a oír y oler, como un baqueano, los signos de las internas del poder— en el breve silencio del doctor Cornejo Valadares, en su suspiro aliviado, en el vacío producido por una sonrisa contenida, en la cuidadosa elección de las palabras —en la que esta vez no apareció discreción— que le acababa de dar una carta ganadora.

—Vamos a esperar. Y si mañana todo sigue igual, avise usted al fiscal que tiene la causa, este muchachito, Bossia. Él coincidirá conmigo, estoy seguro, en que habrá que tomar las mismas medidas que con cualquier otro ciudadano.

—Por supuesto, doctor.

Y la tercera noche el señor Machi tampoco apareció.

Lo que sí apareció fue el BMW.

31.

Eran las 21.15 del jueves 7 de octubre de 2005. El cielo estaba estrellado y límpido.

A esa hora, minuto más, minuto menos, el BMW E46 negro de Luis Machi apareció —reluciente, como recién lavado— a media cuadra de El Imperio. O eso suponemos. No hubo testigos que hayan visto quiénes —o en qué momento— lo estacionaron, lo abrieron y prepararon la sorpresa. La posterior revisión de las cámaras de seguridad de la zona también fue infructuosa. O bien quienes abandonaron ahí el BMW conocían a la perfección las locaciones y, en consecuencia, los puntos ciegos de las cámaras, o bien el auto, sin más, se había materializado ahí, llegado de ninguna parte.

Y, luego, ¡pum!

El comisario Marino, que todavía no sabía nada de todo esto, en un rato iba a estar odiando las nuevas implicancias del caso que se complejizaba y amenazaba con írsele de las manos.

Pero no nos adelantemos.

Para eso falta un poco.

Bitácora

Cruzo el meridiano de estas páginas sin poder asir al espectro que las recorre. Sé que intento construir una novela de la ausencia con los materiales de la presencia. La historia de un personaje que fue ubicuo pero ahora no está en ningún lado. Un protagonista tácito.

Diez años han pasado.

Diez años para ir del recorrido demencial de aquellas seis horas en las que deshacerme de una pura corporeidad a esta búsqueda fantasmal, este vacío, estos rumores.

32.

Fue Eduardo que, una vez que la primera cena-show había comenzado y todo estaba encaminado, había salido a la puerta a fumar uno de los cigarrillos que se permitía cada noche, quien lo vio.

¿Ese no es...?, se preguntó a sí mismo o al cigarrillo rubio.

Le llamaron la atención el capot y las puertas abiertos, la ausencia de la matrícula y, pese a eso o por eso mismo, se acercó. Lo hizo con cautela, como si el BMW fuera una peligrosa fiera que pudiera atacarlo de improviso.

El motor, reluciente, brillaba bajo las luces fluorescentes de la calle Balcarce. Parecía un vehículo nuevo y en exhibición en la concesionaria oficial de la marca alemana más que uno abandonado en plena calle.

Eduardo bordeó el automóvil hasta el lado del conductor. Miró dentro, sin tocar nada. Todo estaba en orden. Arrugó la cara y le dio una pitada más a su cigarrillo.

Demasiado en orden, pensó.

Siguió el recorrido.

Al llegar a la parte trasera vio que el baúl, a diferencia de las puertas y el capot, estaba cerrado. Después notó, colgando cual una cola de zorro, una corbata de seda roja, que se parecía a la que Thaelman le había regalado al señor Machi para fin de año y que era, desde entonces, su favorita. Tras la corbata notó, enseguida, la espiral de humo que se escurría por las juntas entre la tapa y el cuerpo de la fiera peligrosa y a punto de atacar en que se le había transformado el BMW. Entonces, con más curiosidad que prudencia, apoyó la mano en el baúl, que se abrió.

Todo sucedió al mismo tiempo.

La tapa del baúl —que estaba muy caliente— se abrió ante el contacto de la mano. Entonces la oxigenación avivó la pequeña llama que crecía en el interior, transformándola en la lengua de un demonio enfurecido que atacó a Eduardo, agresiva, rozándole el rostro aterrado.

Retrocedió apurado, sacudiendo la mano que había apoyado en la tapa caliente del baúl, y cuando estuvo a una veintena de pasos, buscó el cigarrillo —el fuego me lo arrancó de la boca, pensó, Dios mío— y, al no encontrarlo, buscó otro y lo encendió.

Dos pitadas después, todavía temblando, sacó el celular.

—Tío Alfredo... —dijo.

Y es todo lo que llegó a decir antes de que la explosión llenara la calle Balcarce de un espectáculo escarlata hecho de ruido y de furia.

33.
3 de agosto de 2015

Es todo novedad.

Incluso esto. El agua tibia —el leve olor a cloro, el caudal intenso que lo cubre— cayendo sobre su cuerpo saciado es una noticia que Fer recibe como si un bautismo fuera. No porque sea distinta el agua ni otra la ducha. Lo que es diferente es la saciedad, el estrellar de las gotas contra su piel. Hay algo nuevo, reluciente, algo que parece expandirse desde su cuerpo y que no quiere nombrar.

Luz, sí.

A ella le gusta nombrar las cosas. Saber las denominaciones y las categorías de cada una. Desde que, hace dos años, empezó esta búsqueda —y cuando reencontrarse con Fer no era siquiera una posibilidad— investiga, averigua, lee artículos, recorre páginas. Todo tiene un nombre, dice, una palabra. Y ella quiere poner todas esas palabras sobre el tablero, como si esto fuera un juego de mesa, complejo pero apasionante, hecho de nudos y tensiones y liberación de demonios mucho tiempo encerrados. Hecho de reencuentros y descubrimientos, de confianzas latentes y desconfianzas aletargadas. De miedos y deseo. Un deseo a la vez turbio y cristalino como el agua que cae sobre el cuerpo saciado y dolorido de Fer, que trabaja con las palabras y por eso prefiere que no entren ahí, en esa nueva forma de satisfacción. Una satisfacción novedosa, piensa, mientras se enjabona el pecho marcado, los brazos, los hombros —que le arden—, la panza.

Ella va en busca de las palabras, él les va huyendo. A ella le gusta encontrar los roles, vivir cada uno, ir cambiándolos —*switch*, dice—, él prefiere jugar sin más, que el entusiasmo los lleve. Y, con todo, en esa diferencia, mitad de camino de sus recorridos contrapuestos, se encuentran.

Cada vez es lo mismo y algo nuevo.

Por eso, ahora, sobre el cuerpo de Fer, todo es novedad, incluso el agua tibia.

—¿Qué pongo? —grita Luz desde el cuarto.

La imagina todavía desnuda, las nalgas con las marcas violáceas del otro día —escucha la voz de ella: *spanking*, Fer— y piensa que le pregunta pero va a poner lo que tenga ganas. Se llama *brat*, habría dicho ella, no es una sumi exactamente.

—Lo que quieras, sentite libre.

—¿Lo que quiera? —refulge la voz de Luz, la intención en la voz que pregunta, y ese fulgor llena la pieza, el departamento, se mete en el baño y se suma al agua tibia.

Es la pregunta —o quizá el jabón— lo que produce en Fer un estremecimiento. Hace espuma el jabón ahí donde los hombres suelen no querer ser golpeados. No me rompas los huevos, repiten. Pero él pidió, hace apenas unos minutos, lo contrario. Destrozámelos, susurró al borde de ese abismo al que cada vez se asoma más y más. Y más. *Ballbusting*, le explicó Luz, no creí que te fuera a gustar. Ni yo, piensa ahora Fer. Y se enjuaga mientras responde:

—Cualquier cosa.

—¿Cualquier cosa?

—Cualquier cosa que me guste a mí.

—No tan libre, entonces.

Ríen los dos. Ella en el cuarto, desnuda frente a la computadora conectada al equipo de música. Él bajo la ducha, sintiendo el agua tibia como quien descubre una isla inhabitada en el medio del océano. Y aunque se ríen de la misma broma, las reverberaciones son distintas.

Luz arma una lista en Spotify. Y le da play.

Entonces, sobre las risas, entre el rumor del agua tibia que cae sobre el cuerpo dolorido y saciado de Fer y los rayos de sol del atardecer que se cuelan a través de la cortina y acarician el suyo, suenan los acordes de un blues desolado.

Mi amor, canta el Indio Solari, *la libertad es fiebre.*

* * *

Luz va hacia el ventanal que da al balcón, corre las cortinas y lo abre para que pueda entrar, además de los rayos de sol, el aire fresco del comienzo del fin de la tarde.

Fer sale de la ducha, y antes de atarse la toalla mira, sobre las curvas de su piel, las franjas rojas que ella le dejó con el cinturón y que le dibujan una bandera de River hecha a base de gruñidos y...

... el chasquido que quiere proteger ese grito que no es todo el grito, parecen completar la idea Los Redondos desde los parlantes.

Luz canta con ellos y por eso no escucha a Fer que se le acerca por detrás y la besa en el cuello.

—Mmmm. Hola, vos.

—Hola, hermosa. —El beso en el cuello se hace mordisco—. ¿Birra o mate?

—Birra. Vamos afuera, ¿no?

—Dale. Estuve escribiendo, ¿querés que te lea?

—Claro.

Ella busca la cerveza mientras él lleva la laptop. El invierno se ha escondido en algún lado, así que se sientan en el suelo del balcón, con el sol cayendo a sus espaldas. Fer lee, se interrumpe, se corrige, sigue. Luz escucha, sonríe, hace algún comentario, le sugiere pequeños cambios. La lectura dura un poco más de lo que dura la botella de cerveza.

—Es un montón, Fer.

—Sí, pero llegado a este punto me trabé. Hace diez días que no puedo avanzar.

—Voy a buscar otra.

La guitarra de Skay crea un clima oscuro sobre el que el Indio canta —cuenta— que el destino de Luzbelito es de soledad. El Indio, esta vez, se equivoca.

—Es que estás demasiado apegado a los hechos que conocés, capaz —dice Luz que llega con la cerveza—. Estás imaginando poco. Y te sale mejor cuando metés más literatura.

Ay, ay, ay, mis deseos de hoy.

Ay, ay, ay, mis deseos de hoy.

—No sé. Me interesa conseguir una forma porosa. No quiero que sea pura ficción pero tampoco me interesa ser fiel a los hechos. Quisiera construir una novela de la ausencia con los materiales de la presencia. Un relato híbrido que borronee las fronteras entre géneros, intentar romper un poco con la lógica cuento/novela, crónica/ficción, realismo/fantástico y que...

En el vidrio verde de la botella que Luz tiene en la mano se refleja la ferocidad del sol y durante un instante la enceguece. Se da vuelta, entonces, para ver el espectáculo de frente.

Quemás tu vida, en este día, canta ahora el Indio.

—Mirá —propone Luz.

El cielo es una pradera incendiada, un anaranjado que se despliega y recorta en su caída las siluetas irregulares de los edificios del oeste de la ciudad.

Mientras se da vuelta, Fer dice todavía:

—... sea a la vez...

Entonces se hace un silencio de voces que Los Redondos ocupan como una ciudad en guerra:

¡Fuego, fuego! ¡El día!

Los dos miran cómo la inmensa bola de fuego arde —desde hace cuatro mil millones y medio de años, a ciento cincuenta millones de kilómetros, haciendo posible la vida en el planeta— y ahora tiñe la ciudad de ese feroz naranja rojizo para encender el cielo como una brasa.

Algo se enciende también en ellos.

Y también los ilumina.

Primero balbuceando, enseguida con seguridad, vuelven a hablar. Hablan a la vez. No respetan los turnos del uno y el otro, se superponen en un amontonamiento en el que las voces de los dos se van asimilando y pierden sus matices particulares hasta formar una nueva voz, una argamasa de palabras que construye una única frase, una única idea —tomar testimonios, cotejar las voces del pasado con las del presente, meter todo eso en el relato, incluir también las propias dudas, usarse como personaje secundario, llenar los vacíos con supuestos, vaciar las certezas con microficciones— construida por esa extraña unidad cuyo destino no es de soledad, que no es uno o el otro sino los dos, y que termina, abrupta, cuando el sol se hace invisible tras los edificios y el naranja furioso del cielo declina en un rosa tenue.

¡Fuego! ¡Fuego! ¡Mentiras!

Salen del trance y vuelven a ser dos que entran al departamento a refugiarse de ellos mismos y de lo que acaba de pasar —sea lo que sea eso que acaba de pasar— en otra cerveza, en la ropa que está tirada sobre el sillón, en una revancha entre las sábanas.

—Si querés —dice Luz— te voy contando yo y después vemos qué otros testimonios conseguimos.

Entonces Fer busca, en el segundo cajón de su escritorio, su pequeña grabadora digital.

Y esta novela comienza.

34.

No sé qué te acordarás vos de aquellos meses, porque justo coincidió con que nosotros entramos en crisis.

Los primeros dos o tres días la única que estaba segura de que había pasado algo era mamá, el resto estábamos en otra. Qué sé yo, para mí se había ido de gira. Bah, recuerdo que nosotros lo hablábamos eso, ¿vos te acordás? Se fue de gira, en unos días vuelve todo ojeroso, decíamos cagados de risa de las preocupaciones de mamá.

Y mucho tiempo seguí agarrada a esa yo.

Porque por mucho que lo puteáramos, y aunque de alguna manera haya sido sacarse un peso... era mi viejo, qué sé yo. Todavía a veces pienso que capaz se había ido de gira, después de todo, y ya en esa, decidió arrancar. Empezar una vida nueva. Algo así. Aunque no tenga mucho sentido.

Bueno, eso lo sabés, fuiste vos el que me hizo notar que no se había ido con guita y que no había gastos de la tarjeta y que mi viejo sin plata...

Bueno, eso. Por muchas vueltas que le demos...

Pero los primeros días, sólo mamá.

A Alan, que al día siguiente le pegó re fuerte, en ese momento no le dio bola al tema. Andará de putas, decía, ¿ya hablaron con el tío Carlos?

Pero ni Carlos Pairetti ni el Ruso Feldman ni Tito Mariani, ni ninguno de los amigos sabía nada.

No les digo, repetía mamá. Y el abuelo la mandaba a callar, como si ella todavía fuera una nena.

35.

Ah, ¿Luciana te dijo que hablaras conmigo? Hace años que no la veo. Después de que Machi se fue perdimos contacto con la familia. Y eso que seguimos viviendo en el mismo country. Linda piba era Luciana. Loquita, pero linda piba. ¿Cómo anda? Mandale un beso cuando la veas.

Pero, contame, ¿qué querés que te diga de Machi?

Claro, Pairetti no quiso hablar con vos... No me extraña. Es al que más lo afectó que se fuera así, sin decir nada. A mí, no te lo voy a negar, me llamó la atención. No tenía que explicarnos nada, pero por qué no despedirse, ¿no? Éramos amigos hacía años y en ese momento vecinos. Que no haya pasado antes de irse, que no haya hecho un llamado ni en ese momento ni en estos diez años... Me sorprende. Pero nada más que eso.

A Pairetti lo afectó bastante. Anduvo muy triste. Él es el más grande de nosotros y vivió mal que la banda se fuera desmembrando: el Loco Wilkinson *había muerto hacía poco, Casal se fue a dirigir afuera y no volvió más. Que Machi se fuera así... Pensá que los hijos le decían tío a él.*

Pero, volviendo a Machi, decime, ¿qué esperás que te diga? ¿Y para qué? Porque yo no sé nada, y si supiera no voy a andar hablando de un amigo, ¿no te parece?

Claro, un libro.

Hagamos así, para empezar, apagá eso. Y acordate de que lo que te puedo decir es lo que me imagino. No es nada que sepa con certeza, es lo que supongo nomás.

Y nunca, escuchame bien, nunca voy a reconocer que lo dije, se entiende, ¿no?

Ahora sí.

Para mí Machi se había metido en algún negocio medio turbio y tuvo que rajar. Eso explicaría que no se haya comunicado y que no haya registro de que se llevó guita. Debió rajar con fondos que tenía en negro. Si tuviera que apostar, yo apostaría a que está tirado abajo de una palmera en el Caribe con dos pendejas que lo atienden y un nombre falso. Pero son todas conjeturas, la verdad es que no sé. Ninguno de nosotros sabe.

¿Probaste con Mariani? A él le encanta hablar, en una de esas tenés suerte y te dice algo que te sirva.

36.

El primer día fue así, como dos bandos: de un lado mamá, preocupada; del otro, todos los demás, entre confundidos y desinteresados.

Hasta la tercera noche, cuando hicieron explotar el auto frente al Imperio. Ahí cambió todo. ¿Vos te acordás? Ahí todos entendieron que pasaba algo malo.

O casi todos.

Fue muy loco. Mamá dijo: vieron, les dije. Y enseguida habló con el abogado para que iniciara el trámite que declaraba a mi viejo legalmente muerto. Fue una bomba, otra más.

Alan, re adolescente, dejó de hablarle y se pasaba las horas junto al teléfono, esperando el llamado de unos secuestradores que se había inventado para no pensar algo peor. Incluso intentó contratar a un detective privado o algo así, pero el tipo no le dio pelota y después de unos días de que no le contestara los mensajes se olvidó del tema.

Mi abuelo, en un principio estuvo de acuerdo con él y le dijo a mamá que todavía no era momento. Pero al día siguiente cambió: ahora mamá tenía razón y le dio carta blanca para iniciar la presunción de muerte. Dijo que qué sé yo con sus campos y que se iba un par de días a Santa Fe. Que volvía antes del final de la semana. Pero estando allá le dio el primer ataque...

¡En el medio del quilombo! Fue rarísimo ese viaje. Todo fue muy raro.

Y bueno, yo me quedé en la casa de mis viejos, para acompañar a mamá y a Alan, para mediar entre ellos, y vos te volviste a nuestro departamento. Fue en esos días... bueno, no hablemos de eso mejor.

Mejor no nos vayamos de tema.

Hablemos de la noche en que explotó el auto.

Y del día en que el abuelo se fue.

37.

Cuando don Alfredo llegó, acompañado de Ruben, el automóvil todavía ardía y las sirenas de los bomberos apenas se escuchaban a lo lejos. Un presagio oscuro se alzaba hacia el estrellado cielo de octubre en la nube de humo que crecía desde el crepitar de las llamas.

—¿Estás seguro de que es el auto?

—No, seguro no estoy —la voz de Eduardo, que ya iba por el tercer cigarrillo de la noche, era inestable, cargada de estremecimientos y picos de agudos, como si perteneciera a un adolescente frente a una mesa de examen para la que no hubiera estudiado—, pero parecía. Y además tenía colgando del baúl una corbata de él.

—Pero ¿estás seguro de eso, por lo menos?

—Tío, por favor. Le digo lo que vi. ¿Cómo puedo estar seguro de...?

Entonces irrumpieron los bomberos. Y segundos después, en un Escort con luces policiales giratorias en el techo, el comisario Marino. El saco arrugado sobre una camisa no del todo limpia, los ojos enrojecidos de quien lleva horas bebiendo y la corbata anudada a los apurones anticipaban a todo el mundo el humor que traía. Bajó del Escort dando un portazo y encendió un cigarrillo no más empezar a caminar.

—A ver... —dijo, a todos y a nadie.

Muy cerca del fuego, embelesado por el espectáculo, estaba el agente Cevallos, hijo y nieto de policías, un pibe gordito y simpático, fanático de Hermética, que había entrado menos de un año atrás a la Federal con la ilusión de ir a la División Motos y, mientras esperaba su oportunidad, hacía adicionales cuatro días por semana custodiando El Imperio.

—Comisario Marino. Poneme al día, pibe.

—Agente Ceva...

—Poneme al día, te dije.

—No sé qué decirle, señor comisario. De pronto —Cevallos buscaba las palabras que, nerviosas, se habían escondido en algún rincón de su cerebro; señalo el BMW con el dedo— estaba en llamas y un momento después voló por el aire.

—¿Cómo que no sabés qué decirme? ¿Qué querés decir con de pronto? ¿Vos no sos el que custodia este boliche?

—Claro, pero yo...

—¿No estabas parado acá? ¿Cómo mierda te dejaron un auto abierto y en llamas casi en las narices sin que te dieras cuenta?

—Lo que pasa, señor comisario, es que...

—Lo que pasa, pibe, es que vos no sos un policía. Sos un pelotudo. No importa, la culpa es mía. No sé para qué carajo me gasto hablando con ustedes que no vienen a hacer carrera sino a matar el hambre. Andá nomás. Volvé a la puerta.

—Sí, señor comisario.

Encima, pensó Marino encendiendo otro cigarrillo con la colilla del primero, voy a tener que lidiar con la Federal. ¿Cuántas jurisdicciones se van a amontonar en este caso de mierda?, se preguntó. Por lo menos en un rato llegarán los que se ocupan de estas cosas. Ya me van a averiguar algo.

Sin embargo pasaron los días y, sin testigos ni registros en las cámaras de seguridad, ni su gente ni los investigadores de la Federal le llevaron una pista firme. Y después de peritar los restos del BMW —buscar en las cenizas, en los interiores desnudos, entre los fierros y la chapa—, tampoco los de Científica le dieron nada. Sin matrícula, con los números de chasis y motor limados, lo único que se podía asegurar es que el automóvil incendiado frente al Imperio era de la misma marca y modelo que el que estaban buscando.

Pero para entonces el comisario Marino ya se había puesto a buscar otra puerta de salida. Porque la segunda cosa que podía asegurarse era que el caso que había supuesto una formalidad se estaba transformando en un rompecabezas chino del que faltaban la mitad de las piezas.

Y que en cualquier momento podía explotar, como el BMW.

Y llevárselo puesto.

38.

En los días siguientes, por supuesto, el teléfono del comisario Marino no paró de sonar. Al rompecabezas chino de piezas perdidas hubo que sumarle, entonces, las presiones y las tensiones. Fue, sin embargo, en una de esas llamadas donde encontró la puerta de salida.

—¡Discreción se le pidió, comisario! ¿A usted le parece que la explosión de un auto en pleno centro porteño es algo discreto? Todos los periodistas están atrás de la nota ahora y lo único que tenemos para ofrecer son los interrogatorios a tres guardias de un country, uno de los cuales habla de drogas, y a unas mujeres de las que no podemos explicar a qué se dedican...

Si no voy a tener la solución, pensó Marino mientras escuchaba los gritos, lo que necesito es tiempo. Y el tiempo se compra con acciones. Hechos, necesitamos, pensó.

—... entonces ya que no pudo garantizar el bajo perfil que le pedí como favor personal para una familia amiga, ahora le exijo, comisario, entienda bien, le exijo resultados. O al menos la apariencia de resultados.

Eso puedo hacerlo, pensó Marino. Somos la Bonaerense, pensó.

—Por supuesto, señor. Ya me pongo en eso. Pronto tendrá los resultados que pide.

Así, esa misma tarde reclutó un equipo de confianza —unos cuantos oficiales de la vieja escuela, compañeros de andanzas de la época de Villagra, amigos que siempre están dispuestos— al que le tomó unos pocos días —aprietes, rastrillaje por las villas de la Zona Norte, apremios, delaciones, palizas brutales y aleatorias— encontrar un dato que cuadrara en lo que buscaban: un pequeño grupo dedicado a los secuestros exprés.

Ahora sólo había que sazonar las palabras.

La desarticulación de una peligrosa organización delictiva, dijo el comisario Marino al anunciar las detenciones, con base en el barrio Cabaña Grande, en el partido de Pilar, dirigida por Roque «el Uruguayo» Perales. Esta asociación ilícita se dedica, aseguró, entre otras actividades delictivas, a los secuestros extorsivos y estaría vinculada con la desaparición del empresario Luis Machi.

Hechos. Tiempo. Apariencia de resultados.

Para cuando —varios años después— las investigaciones demostraron que los detenidos nada habían tenido que ver con el caso Machi, el periodismo ya no lo recordaba, el interés de la familia —y con él las presiones— se había esfumado tiempo atrás y el comisario Marino sólo conservaba de esos días el as en la manga, que en algún momento sabría usar, de que el fiscal Cornejo Valadares le debía el favor de haberle entregado en bandeja la cabeza de un viejo rival.

Pero para la historia que acá se quiere contar, otro callejón sin salida.

Así que volvamos, una vez más, a la noche en que explotó el BMW.

39.

Ay, querido, esos días se me mezclan como un cóctel en la memoria. Me queda, sobre todo, la sensación de angustia, de desesperación, de incertidumbre.

Yo no me acuerdo cómo fue que nos avisaron que había aparecido el BMW y que a los pocos minutos había volado por el aire.

Ya había vuelto del campo la doméstica, no me acuerdo el nombre, una chaqueña vieja y fea que había contratado después de un affaire que había tenido Luis con la anterior, una paraguaya buscona... ¡Y es que era muy hombre, mi Luis!

Sí, querido, ya sé, ya sé. No me distraigo. Es que se me mezcla todo cuando hablo de él.

Te decía que ya había vuelto la doméstica. Creo que ella me vino con la noticia. No me acuerdo. Es como si una bruma de tristeza hubiera caído sobre aquellas horas.

¿Vos estabas en casa con Luli?

¡Ay, si me escucha me mata! Con Luz, quiero decir... ¡Mi hija tiene cada cosa!

Bueno, si estabas en casa te debés acordar...

Ah, claro, querido, entiendo... Pero si lo que te interesa son los distintos recuerdos sobre el mismo momento, en cuanto a esas horas yo no te voy a ser de mucha ayuda.

Como te digo, la tristeza lo tiñe todo.

40.

Mamá me hace cagar de risa.

¡La tristeza, dice! ¡Borracha y saturada de pastillas es lo que estaba!

Y así y todo ni bien le avisaron que había aparecido el auto y papá no, enseguida corrió a llamar al abogado.

Ya empezás la ausencia con presunción de fallecimiento porque hay mucha guita en juego, le dijo.

Y el tipo del otro lado: que esperáramos, que primero hablara con el abuelo, que quizá en unos días, que podía ser otra cosa.

Y ella a los gritos, con el vaso de whisky en la mano, diciendo que no iba a permitir que nadie la cagara y que había que arreglar la sucesión cuanto antes, que iba a aparecer algún hijo de puta de los amigos con ínfulas de socio y nos iba a cagar.

No lo pude soportar.

Mirá que papá era un montón de cosas. No me entendía y odiaba lo que soy y... y para mí la vida fue mucho más fácil después de que él... cuando él ya no estuvo.

Pero eso... ver a mamá así... eso no.

Y era muy chico. Después la pude entender, cuando logré encontrar el camino para volver a mi vida. Hicimos las paces y hoy somos re compinches... pero en ese momento... no.

No lo pude soportar.

Llamé un remís y me fui para El Imperio.

Aquello era un infierno, pero peor era escucharla enterrar a papá sin pruebas y sin cuerpo.

41.

Pese a que Mirta recuerde que fue la noche de la explosión cuando el abuelo aceptó su punto de vista o a que Luz ubique en el día posterior el viaje de su abuelo a Santa Fe, pasarían todavía tres días para que todo eso sucediera. Y no fue una decisión que don Alfredo haya tomado solo.

La noche de la explosión, cuando en plena madrugada, parado todavía junto a los restos humeantes del BMW, vio bajar a Alan del remís, don Alfredo entendió que la información ya había llegado a la casa de su hija y que eso sólo podía suponer problemas extra.

—¿Vos hablaste con Mirtita?

—Y, tío, pensé que...

Eduardo no pudo terminar porque lo impidió la llegada precipitada de Alan, que abrazó a don Alfredo con intensidad pero apenas un momento. Después aspiró el aire como un predador, hasta que se le llenaron los pulmones del olor que había dejado el auto incendiado, y habló.

—Tenés que hacer algo, abuelo —dijo—, mamá se volvió loca. Papá puede estar secuestrado y ella ya anda hablando de la sucesión con el abogado.

—Vamos adentro y me contás. Ruben, quedate acá, por favor. Y tratemos de que Eduardito no hable con nadie más.

—Sí, patrón.

Abuelo y nieto dieron unos pasos.

Los dos tenían el mismo andar altivo, aunque con la espalda un poco caída sobre los propios hombros y los brazos algo cortos.

A unos metros don Alfredo se detuvo.

Algo falta en la escena, pensó, pero ¿qué?

—Andá yendo —le dijo a su nieto—, pedí que nos preparen unos cafés. Ahora te alcanzo.

Alan retomó la marcha y don Alfredo pudo verlo caminar. Fue como mirarse a sí mismo, joven, las manos en los bolsillos, tantos años atrás, la primera vez que había venido a Buenos Aires.

Movió la cabeza de un lado al otro, alejando los recuerdos, y miró los restos humeantes que habían dejado los bomberos, el caminar frenético del comisario Marino, el infaltable grupo de curiosos, compuesto en su mayoría por turistas que acababan de salir del show del Imperio, las bocas en una O de asombro, las cámaras disparando.

Se volvió a Eduardo y Ruben.

—¿Qué hora es?

—La una y media, tío.

—¿El personal ya se retiró?

Eduardo titubeó.

—Silvia está. Y deben quedar algunos de los mozos...

—¿Y Pereyra?, ¿lo viste?

Eduardo negó.

—¿Hoy tampoco vino?

—Lo llamé temprano pero...

—Y a vos que te gusta tanto hablar, ¿cuándo me ibas a contar eso? —interrumpió don Alfredo. Después, usando el plural pero dirigiéndose a Ruben, agregó:

—Fíjense si lo ubican. No me gusta no saber dónde anda ése.

—Sí, patrón.

Pero el Cloaca Pereyra ya estaba fuera de esta historia. Y a la suya propia le quedaba apenas un par de años.

42.

En realidad nadie más que el señor Machi lo llamó nunca Cloaca. Era, ese apodo con el que lo nombró desde el primer día, una suerte de privilegio privado. Quienes lo habían conocido en los años bravos de la dictadura le decían el Zorro; quienes en sus tiempos de boxeador, Manodura; su familia, cuando todavía tenía familia, usaba el sobrenombre de su infancia, que él odiaba: Robi. En la cárcel se llamó como lo habían hecho siempre sus mejores amigos: Pereyra.

El Cloaca Pereyra sólo había estado preso seis meses en el 87, un rebote de una de las causas de la banda de Federico Silva, hasta que lo alcanzara la Ley de Obediencia Debida. Pese a que, antes y después de esa breve estadía en la sombra, había hecho de todo. Por eso, quizá, volver a caer a sus cincuenta y cinco años no había entrado en sus cuentas.

Sin embargo ahí estaba, tomando mate y jugando a las cartas con su ranchada cuando faltaban pocas horas para su muerte. Aunque ni él ni nadie —en esa ronda, en el pabellón dos, en todo el penal— pudiera imaginarlo. Y menos todavía podría imaginar cómo iba a morir, a manos de quién.

Justo él, el Zorro Pereyra, que había secuestrado y matado en la dictadura. Él, Manodura, que había arrastrado a un tipo atado a una camioneta sólo porque le hacía acordar a otra persona. Él, Robi de San Justo, que le había disparado en las rodillas a alguien porque no le gustaba la remera que tenía puesta. Él, el Cloaca, que le había partido el cuello a un viejo nada más que para cerrar un negocio entre restaurantes. Justo él, que había cubierto todo el abanico de la criminalidad y la violencia.

Estoy meado por un dinosaurio con gonorrea, la concha de su madre sifilítica, hubiera dicho de haber podido, qué manera mogólica de morir, seré sorete.

Pero no pudo.

* * *

Habían pasado dos años desde la última noche que se lo había visto en El Imperio. Después de hablar con el Jako, decidieron que de todos los que andaban alrededor del señor Machi ellos eran los que tenían más posibilidades de perder.

—Pero ¿estás seguro de que le pasó algo?

—¿Sos pelotudo, te hizo mal lamer tantos escrotos o tus papás son hermanos, Jako? ¿Vos pensás que ese cheto culolimpio es capaz de irse a la mierda sin mí para que le cuide las espalditas ni tu bolsa mágica para ponerse hasta el orto? Esperaba que vos supieras algo. Si ni vos ni yo sabemos, es que lo hicieron cagar aceite, creeme.

—No sé, deberíamos esperar...

—¿Tenés la pija de Tyson en las orejas, bobo de mierda? ¿No escuchás lo que te digo? En la casa encontraron el Guillote roto y una pila de tu mierda. Seguro alguien habló de vos. Si querés quedate a chuparles la botamanga del choto a los soretes azules mientras les explicás quién garcha sos y a qué carajo viniste. Yo, que sé bien las cagadas que hice para Machi, me tomo el palo y les pregunto a algunos hijos de puta que conozco a ver si saben algo...

—Es que...

—... si fue un secuestro, me entero de toque. Y si de puta casualidad resulta que se fue solo, cuando vuelva, si lo hace, vuelvo yo también.

Pero ninguno de los contactos de Pereyra en el mundo de la pesada —ni los socios de esos contactos, ni los amigos de los socios— sabía nada del paradero del señor Machi.

Así que no volvió.

* * *

La pequeña sociedad entre el Jako y Pereyra duró apenas unos meses. Muy pronto el Cloaca decidió que el tráfico de drogas no era su negocio y se juntó con unos viejos conocidos de los años de los grupos de tareas de la dictadura para actividades más cercanas a su sensibilidad: secuestros extorsivos, trata de personas, piratería del asfalto.

Los siguientes dos años fueron una montaña rusa en la que mató a tres personas, dos de ellas a mano limpia; recibió un tiro en el hombro que casi le deja inútil el brazo izquierdo y violó a cerca de una docena de menores en los tratamientos de ablande de un prostíbulo de Corrientes. Hubo temporadas, después de algún hecho que salió mal, en las que tuvo que esconderse un par de meses, y otras en las que vivió como un bacán.

A mediados de 2007 —la misma semana en que Fermín presentó *Entonces, qué* y Luciana llegó a Bahía— el Cloaca cayó mientras intentaban robar una sucursal de Andreani con Víctor Mondragón, Nené Riccardi y el Trompa Casello. La alarma se disparó no bien entraron y todo se salió del plan que tenían.

—¿Nunca voy a poder culear sin que me caguen la verga, la concha del pato? —masculló el Cloaca cuando empezaron los tiros.

Casello y el Mondragón zafaron por los techos. Pero él quedó en una encerrona cerca del depósito. Como en el enfrentamiento, además de Riccardi, murieron tres policías, no hubo forma —ni dinero capaz— de arreglar su libertad.

Una semana después llegaba a Marcos Paz.

Enseguida —a fuerza de violencia, coraje y la guita que le hacían llegar sus socios— se armó su propio feudo. La mañana que nos importa, la que fue su última mañana, llevaba tres o cuatro meses de encierro. Eran cerca de las once y tomaban mate en el pabellón cuando los guardias lo llamaron. A él y a uno de sus laderos, Roque Perales, un uruguayo picante como el ají putaparió y duro como un yunque

—Pereyra, Perales: a comparendo.

—La concha puta de su madre en tanga —se quejó el Cloaca sin soltar el mate, dulce y caliente, que le acababan de alcanzar. Su voz era calma pero, como siempre, su mirada, de una violencia latente apenas contenida, prometía tempestades. Apuró el mate y se levantó al mismo tiempo que Perales. Todos los saludaron con un movimiento de cabeza.

—Nos vemos a la tarde, chicas —contestó el saludo el Cloaca.

Se equivocaba.

43.

El pibito tenía veinte años, el pelo con *dreadlocks* atados sobre la nuca. Debía andar por el metro setenta y era muy delgado, aunque fibroso. Nadie podría reconocerlo en el tipo de gruesos brazos tatuados, la cabeza afeitada cruzada por dos cicatrices y el rostro arrugado que, sin camisa, ahora hace pesas en la Unidad Penal Diecinueve de Ezeiza.

Claro, pasaron casi ocho años.

La mañana que nos ocupa vestía una remera negra, un pantalón blanco que no le llegaba a los tobillos y un par de zapatillas grises. Entró a la celda de la alcaidía de Tribunales y vio en el asiento de cemento empotrado en la pared al Cloaca Pereyra y a Roque Perales mientras escuchaba la puerta cerrarse a sus espaldas y supo con preocupación que lo esperaban más problemas.

No quiero, pensó.

Veinticuatro horas antes sus únicas preocupaciones eran saber si su novia, Camila, lo estaba engañando con Facundo, un compañero del supermercado en el que ella trabajaba, y ganar el primer torneo en el que iba a participar. Pero, se sabe, la vida está hecha de momentos y bastó uno para que la suya se diera vuelta como una media.

* * *

Su relación con las artes marciales había sido por años una relación familiar.

En 1940 su bisabuelo, *Katame* Bazán, había regresado a Buenos Aires desde Okinawa, después de una ausencia de una década, junto con su esposa, Shukira; el hijo recién nacido de ambos; el hermano de su esposa, que era a la vez su maestro, el creador de la escuela Kijūkyūkan del estilo Shorin Ryu de To-de, luego karate, Yuseki Nishiyama; y los tres hijos de este último, sus sobrinos.

Huían de la guerra y el hambre. La frase fundacional de la escuela Kijūkyūkan era: de dónde venimos es también adonde vamos. Origen y destino. Así convenció Bazán a su maestro de que el destino familiar debía ser su lejana Buenos Aires.

Instalados en un caserón en el barrio de Paternal, los Bazán-Nishiyama practicaban de manera diaria y rigurosa a la vez que secreta. A medida que los niños fueron creciendo se sumaron a las prácticas de los tres adultos.

En el auge de las artes marciales de principios de los 60 abrieron un dojo en la habitación delantera de la casa y convivieron, a partir de entonces, dos aproximaciones al mismo arte: la del dojo al que los vecinos de Paternal iban buscando que les enseñaran a defenderse y sabiduría oriental; y la del familiar —diaria, rigurosa, secreta—, a la manera de Okinawa, en la que no había graduaciones, competencias ni cinturones de color. Ahí el único protocolo era el respeto y la práctica misma. Una práctica destinada más a la autodefensa que al autoconocimiento, a la eficacia que a la belleza. Una práctica pensada para no ser utilizada. O ser utilizada en casos de extrema necesidad.

A los hijos e hijas, sobrinos y sobrinas, se fueron sumando, con el tiempo, los hijos e hijas de éstos. Generación tras generación. El pibito era el hijo mayor de la mayor de las hijas del hijo de *Katame* Bazán y Shukira Nishiyama.

Poco más de un año antes de la mañana en que iría a cruzarse por única vez en su vida con el Cloaca Pereyra, el día en que el pibito se transformaría en el Pibito, tuvo una fuerte discusión con su tía, en ese momento a cargo del dojo familiar.

—Quiero competir —dijo.

—Nosotros no hacemos eso. Ya lo sabés. Y no se puede dejar esto atrás —respondió la tía, sensei Rosa, y repitió, como repetían desde hacía décadas en cada práctica mientras tiraban diez, cien, mil *tzukis*—: De dónde venimos es también adonde vamos.

El pibito no dijo nada más.

Pero se fue, y esa misma tarde se anotó en una escuela de karate-do que se enfocaba en la competencia deportiva. Decidió entrenar un año completo antes de participar en su primer torneo. Que también sería el último. Porque el letal estilo familiar estaba metabolizado en él y, ante el desafío del primer y único *kumite* de competencia de su vida, afloró por encima de esos últimos doce meses de entrenamiento: de dónde venimos es también adonde vamos.

Una *yoko-geri* más intensa de lo que las reglas permitían y el rival se dobló y bajó la guardia, dejando expuesto el cuello. No fue una decisión sino el instinto generado por las horas y horas de Shorin Ryu-Kijūkyūkan —origen— lo que hizo que el pibito viera en la garganta un objetivo y lanzara un *hiraken* profundo —destino— que rompió la tráquea de su oponente y lo mató en cuestión de minutos.

Después sólo hubo gritos, golpes, confusión. Un viaje a la comisaría. La confesión.

Y el resto.

44.

No sé cómo explicarlo para que alguien como vos, que no conoce ese mundo, lo entienda. Nos relacionamos por años con lo peor de lo peor. Es una tarea brutal y brutalizadora, la nuestra. ¿Qué te puedo decir? No me interesa justificarme. Lo que pasó fue una cagada, pero tampoco se perdió demasiado. El tema es que el que no vivió en ese mundo, no puede entender.

Yo estaba a poco tiempo de la jubilación, había conseguido el traslado a Tribunales que siempre es más tranquilo, no es como estar en penal. Claro, era más tranquilo todo, pero después de años de revolcarte en la mugre algo se te pega. Uno extraña la adrenalina, también. Yo había trabajado en Batán, en Devoto, en Caseros. ¿Te das cuenta de lo que te digo? Entonces jugábamos a eso. Era un juego, ¿te das cuenta? Lo hacíamos a veces, cuando entraba uno medio verde. Apostábamos cuánto duraban, si se quebraban o se paraban de manos, cosas así. Un juego.

Pereyra y el otro ya estaban engomados cuando trajeron al Pibito. Pisoni, uno de los penitenciarios que venía de Marcos Paz, y había sido compañero

mío diez años antes, cuando lo vio dijo: se pone a
llorar de toque, ¿qué jugamos?

Hicimos las apuestas.

Entonces en vez de poner al Pibito en la celda de
al lado, lo guardamos con ellos y metimos llave. Un
juego, ¿te das cuenta?

Cinco minutos, pusimos como límite, y abrimos.
Pero no hubo cinco minutos. Ni llegamos a abrir.

* * *

Lo relojeábamos desde la ventana de la puerta.
Yo sabía bien quiénes eran Pereyra y Perales. Los veía
en el penal todos los días. Cuando trajeron al Pibito,
flaquito, temblando… ¿Quién se podía imaginar?

Al viejo Tumini lo conocía de Devoto, habíamos
laburado juntos ahí, me había enseñado un montón
de cosas. Cuando vi llegar al Pibito enseguida arma-
mos la apuesta. Yo saqué cien mangos y me jugué a
que no aguantaba nada.

* * *

No me olvido más. Fue la cosa más inesperada
que vi en la tumba. Y mirá que me comí años a la
sombra, eh. Cuando abrieron la puerta pensamos
que ya nos venían a buscar para declarar. Era raro,
siempre te tienen muchas horas ahí, cocinándote en
tu propia ansiedad. Para ablandarte. Pero, pensa-
mos, como sabían que éramos duros de verdad capaz

la gorra tampoco quería perder el tiempo. No era eso. Nada de eso. Traían al guacho. Un pibito era. Le quedó el nombre después: el Pibito. Pero ahora cuando alguien lo dice, lo dice con respeto. Preguntá en cualquier lado por el Pibito y vas a ver. Pero ese día no. Medio rubito, los ojos achinados, el pelo raro, esos pantalones blancos, daba re gato.

Pereyra dijo: parece un cachorrito meado pidiendo pija.

Siempre me hizo cagar de risa cómo hablaba. Entonces le pregunté si le daba la bienvenida yo. A mí me divierte ocuparme de los loros recién llegados.

Naa, quedate, yo me ocupo, me contestó. Hace mucho que no me como un pendejo culito parado de estos.

Fue la última vez que me habló.

* * *

Lo metimos y nos pusimos a mirar por la ventana de la puerta. Éramos cuatro: el viejo Tumini; Pisoni, que había venido conmigo; el que había traído al Pibito, no me acuerdo el nombre; y yo.

Saldívar, me llamo. Sí, yo había entrado en la apuesta con cien mangos también.

Al principio parecía que todo iba a ser como había dicho Pisoni. Ni bien lo metimos, Pereyra se paró y lo fue a encarar.

¿Qué preferís, lavar platos o pulir pijas?, le dijo, ¿o las dos cosas?: señora en la cocina y puta en la cama, agujero.

161

El Pibito temblaba tanto que parecía que se le iban a salir los huesos del cuerpo.

Dijo lo peor que podés decir en una situación así: por favor.

No quiero, decía, por favor, no quiero.

Pereyra se agrandó como sorete en kerosén.

Acá las cosas no son como afuera, le dijo en medio de un montón de puteadas ingeniosas de esas que decía él, acá se hace lo que hay que hacer, no lo que uno quiere, y lo que vos tenés que hacer es chuparme la pija.

Por supuesto que nadie le iba a chupar la pija a nadie, estábamos nosotros del otro lado de la puerta. Pero el Pibito no lo sabía. Y Pereyra sabía que él no lo sabía. Jugaba con eso.

¿O te vas a plantar?, lo porongueó.

Por favor, no quiero pelear, repitió el Pibito.

Y el otro: me importa un carajo lo que quieras, pedazo de puto, o te parás de manos o me chupás la parada. Perales se cagaba de risa y nosotros desde afuera también.

No, por favor, volvió a decir el Pibito, no quiero lastimarlo.

Nadie podía creer que hubiera dicho eso.

Nadie.

Ahí nomás Pereyra se le fue al humo y el viejo manoteó las llaves, con tanta mala leche que se le cayeron al suelo.

* * *

Yo estaba aterrado. Pero no era la clase de terror que ellos pensaban. Desde el día anterior sabía qué había dentro mío. Y sabía que lo iba a usar cuando fuera necesario. Origen y destino. Ahora estoy acá y andá a saber cuándo salga. Si salgo. De eso tenía terror: de segar otra vida, de arruinar la mía, de un futuro entre rejas. Lo del torneo puede haber sido un accidente. A veces pienso que no. Pero eso, ¿qué abogado lo iba a justificar?

Nunca voy a saber si el tipo sabía pelear, dicen que sí. A mí se me vino encima a lo boludo, enceguecido por la ira y seguro de su superioridad. No se me ocurre una combinación peor para entrar en una pelea.

Y por eso nunca voy a saber si el tipo sabía pelear. No tuvo tiempo. Me tomó tres golpes que el capo del pabellón más picante de Marcos Paz quedara en el piso en un charco de sangre que le salía de la boca.

* * *

Cuando el viejo Tumini pudo recuperar las llaves y abrir, el tipo ya estaba muerto. Pisoni y Saldívar fueron sobre Perales, que quería vengarlo. El Pibito había quedado en guardia, como esperando, pero cuando entramos levantó las manos y se dejó hacer. Enseguida le puse los ganchos.

Qué hiciste, nene, le pregunté.

El Pibito me contestó en voz muy baja: le dije que no quería.

Bitácora

Me estoy desviando, cediendo a la tentación de llenar los vacíos con historias laterales, porque se me escapa el significado de la que trato de contar. Mejor volvamos a Alan. Y a la charla con su abuelo la noche del auto incendiado frente al Imperio.

45.

Esa noche el abuelo se mostró de acuerdo conmigo. Yo estaba seguro de que a papá lo habían secuestrado. El abuelo decía que el auto incendiado no respaldaba esa hipótesis, pero que era muy pronto para sacar conclusiones y mucho más para dar a papá por muerto. Charlamos un rato largo y me dijo que no me preocupara, que él se iba a ocupar. Le conté que había llamado al investigador ese, José Campana, y que tenía que volver a llamar al día siguiente. Bueno, me dijo, después contame qué te dice. Después llamó al chofer, veterano pero hermoso el chongo ese, y le pidió que me llevara de nuevo a casa.

Le pidió.

¡Era una forma de tratar a la gente tan distinta a la de papá!

Como si no tuviera que probarse nada, que demostrar nada.

Ustedes vayan. Quedate allá, Ruben, si querés, le dijo al chofer. Yo vuelvo en taxi, agregó, total es acá nomás.

Estaban parando en el departamento que el abuelo tiene en Libertador, donde yo vivo ahora, y que en esa época él usaba cuando venía a Buenos Aires por cualquier cosita.

Me voy en taxi, dijo, para que el empleado no tuviera que hacer el viaje de vuelta... Era otro estilo distinto. Otros modos.

Andá tranquilo, Alan, me dijo mientras yo subía a la camioneta, y me revolvió el pelo como cuando era un nene.

No me olvido más. ¡Me sentí tan seguro!

Y al día siguiente la había puesto en vereda a mamá.

Pensé: ahora sí.

Pero a los pocos días algo pasó. Nunca lo entendí eso. Pero algo tiene que haber pasado. Porque de un momento a otro el abuelo le dio vía libre a mamá para iniciar la ausencia con presunción de fallecimiento, lo puso al boludo de mi primo segundo a cargo del Imperio y se fue de urgencia al campo.

Yo quedé muy enojado, muy confundido. ¿Cómo nos iba a abandonar así en ese momento? ¿Cómo me iba a abandonar a mí? ¿Qué podía ser tan urgente?

Para colmo, allá tuvo el primero de los ataques que lo iba a dejar así y tardó en volver.

Unos meses después, cuando se oficializó la muerte de papá, el abuelo vino a Buenos Aires. Estábamos mamá, él, Luz y yo en el departamento de Libertador.

Fue lo primero que le dije: ¿cómo pudiste?

Vení, me dijo, vamos al balcón.

Ahí le escuché por primera vez una de las frases que ahora repite siempre: nosotros no hacemos pre-

guntas, Alan, hacemos cosas. Y después me puso el brazo sobre el hombro, no me olvido más, y me dijo: tu viejo no va a volver.

Vos, en cambio, tenés que volver a tu vida, me dijo.

Y me revolvió el pelo como cuando era un nene, como la noche esa en El Imperio.

46.

—¿Me llamó, don Alfredo? —preguntó Silvia como si no supiera, como si pudiera estar pasando otra cosa, como si el cambio de personajes fuera a alterar la trama, su rol en la trama.

—Pasá y cerrá la puerta —la voz de don Alfredo temblaba por la excitación. Le hizo un gesto con la mano, dos dedos hacia abajo: apagá la luz.

La puta madre que lo parió, pensó la mujer, viejo pajero.

Pero pasó, cerró la puerta, apagó la luz.

Don Alfredo encendió entonces la lámpara del escritorio que, como si imitara al sol de apenas unos días atrás, iluminó una lapicera, la miniatura de un Dodge de carrera, el cenicero con tres colillas y el cuadro con la foto familiar en la que su hija, diez años más joven, sonreía junto a sus dos nietos y el bastardo advenedizo del marido en una playa del Mediterráneo.

—Vení —ordenó con tono desesperado y comenzó a desabrocharse el cinturón.

Silvia dio dos pasos más y después se arrodilló, la cabellera rubia acariciándole los hombros. Rodeó gateando el escritorio hasta quedar frente al sillón, entre las piernas abiertas de don Alfredo. Comenzó a bajar el cierre con lentitud, y para cuando terminó la mano del viejo ya estaba en su cabeza, invitándola a moverse rítmicamente.

Y eso hizo.

Pero el sexo de don Alfredo ni había amagado todavía a endurecerse en la boca húmeda cuando sonaron los golpes en la puerta.

—Seguí —dijo el viejo.

Los golpes se repitieron acompañados ahora por la voz de Ruben, mientras Silvia redoblaba sus esfuerzos sobre el pene flácido.

—¡Ahora no! —gritó don Alfredo.

—Ahora, patrón, disculpe pero ahora —insistió Ruben del otro lado de la puerta.

En lugar de levantarse del sillón, don Alfredo cerró la mano sobre un puñado de pelo rubio y hundió el sexo blando en la boca de Silvia.

Pero ni su sexo se endureció ni los llamados a la puerta cesaron.

—La putísima madre, ya voy —dijo entonces y se puso de pie, empujando a Silvia, que cayó como la rama de un árbol reseco, casi sin ruido, con un algo de dejadez, de abandono, de desesperanza. Sentada en el suelo, se acomodó la melena e hizo el gesto de limpiarse la comisura de los labios.

Don Alfredo se ajustó la corbata, sacó el Dupont de oro que había en el primer cajón del escritorio y encendió un Montecristo. Después se desplomó en el sillón y volvió a mirar a la mujer.

—¿Qué hacés ahí todavía? Abrí la puerta, ¿querés? —dijo, y nunca supo, nadie lo supo nunca, que de haberlo escuchado Alan hubiera entendido que los modos de su abuelo y los de su padre no eran tan distintos cuando de mujeres se trataba.

Silvia, ya recompuesta, abrió la puerta y salió sin mirar siquiera a Ruben, que entró sin mirarla tampoco.

—Usted sabe que si no fuera algo urgente yo nunca...

—¿Me querés decir qué carajo pasa para que aporrees la puerta de esa manera?

—Venga a verlo usted mismo, patrón.

47.

Los ojos de don Alfredo parecían querer salir-
se de la cara, que estaba descompuesta en un gesto de horror y asombro. No podía creer lo que
veía. Así que era eso, así que su hija tenía razón
después de todo. Así que ahora le tocaba a él.

—Cerrala y quedate acá. Que nadie se acer-
que por ninguna razón. Vuelvo en un rato.

Una vez en la oficina del Imperio, la oficina a
la que ahora sabía que su yerno nunca iba a volver, se sirvió otro whisky. Miró el sillón, en el que
había estado sentado apenas media hora antes,
y lamentó que no le hubieran dado tiempo para
que Silvia se ocupara de él. Ahora el momento
había pasado. Los hechos son así, pensó don Alfredo, no preguntan. Había que imitarlos, no va-
lía la pena preguntarse cosas, había que actuar.
Enfrentar hechos con hechos. Y para eso ahora él
tenía que tomar una decisión. Si daba parte a la
policía el asunto más temprano o más tarde se iba
a aclarar. Pero, pensó, las palabras clave son *o más
tarde*. Más tarde podía significar abogados, una
causa judicial, infinidad de molestias para su hija
y sus nietos —que ya bastante habían tenido con

la desaparición de Luisito— y, sobre todo, la posibilidad de grandes pérdidas económicas. La policía estaba descartada. Tendría que ocuparse él mismo de la resolución del asunto. Pero para eso, primero ordenar la retaguardia.

Mandó a llamar a Eduardo.

—Me tengo que ir a Santa Fe por unos días, por negocios. Quedás a cargo. No hagas ninguna boludez y el puesto puede ser permanente. ¿Está claro?

Después telefoneó a su hija.

—Hola, Mirtita. Papá... Escuchame lo que te digo, escuchame bien: tengo que volver a Santa Fe por un problemita que surgió... Un par de días, a más tardar el martes estoy de nuevo por acá... No te preocupes por El Imperio, ya hablé con Eduardo que queda a cargo... Ya sé que es medio boludo, hija, pero se las va a arreglar... Ahora escuchá... ¡Que escuches te dije!... No grito, pero escuchame. Las cosas cambiaron. Hablá con Morelli y que presente la presunción de fallecimiento... Sí, ya sé lo que dije ayer pero hoy te digo esto: tenés que seguir adelante, Mirtita. Hablá con Morelli y seguí adelante. La semana que viene nos vemos.

Colgó, terminó el whisky y se guardó en el bolsillo el Dupont de oro que había sido del marido de su hija.

Tierra y fuego, pensó.

48.
Materiales

«Art. 85.- Caso ordinario. La ausencia de una persona de su domicilio sin que se tenga noticia de ella por el término de tres años, causa la presunción de su fallecimiento aunque haya dejado apoderado.

El plazo debe contarse desde la fecha de la última noticia del ausente.

Art. 86.- Casos extraordinarios. Se presume también el fallecimiento de un ausente:

a) si por última vez se encontró en el lugar de un incendio, terremoto, acción de guerra u otro suceso semejante, susceptible de ocasionar la muerte, o participó de una actividad que implique el mismo riesgo, y no se tiene noticia de él por el término de dos años, contados desde el día en que el suceso ocurrió o pudo haber ocurrido;

b) si encontrándose en un buque o aeronave naufragados o perdidos, no se tuviese noticia de su existencia por el término de seis meses desde el día en que el suceso ocurrió o pudo haber ocurrido.

Art. 87.- Legitimados. Cualquiera que tenga algún derecho subordinado a la muerte de la persona de que se trate puede pedir la declaración de fallecimiento presunto, justificando los extremos legales y la realización de diligencias tendientes a la averiguación de la existencia del ausente.

Es competente el juez del domicilio del ausente.

Art. 88.- Procedimiento. Curador a los bienes. El juez debe nombrar defensor al ausente o dar intervención al defensor oficial, y citar a aquél por edictos una vez por mes durante seis meses. También debe designar un curador a sus bienes, si no hay mandatario con poderes suficientes, o si por cualquier causa aquél no desempeña correctamente el mandato».

(Ley 26.994 - Capítulo 7:
Presunción de Fallecimiento)

49.

Cerca de la una de la mañana, con Ruben al volante y don Alfredo con un mapa desplegado en la falda, la Dodge 4x4 salió del estacionamiento del Imperio.

—No podemos ir por Panamericana. Vamos a hacer así: agarrá la 8 hasta Pergamino, hacemos por Areco, paralelo al río, la circunvalación, esquivamos Rosario y le damos derecho por la 10.

Todavía era noche cerrada cuando cruzaron la tranquera de Los Patos. Fueron hasta la casa a cambiarse, y mientras Ruben —el andar altivo, aunque con la espalda un poco caída sobre los hombros, el vaivén de los brazos cortos— iba a buscar la pala y un bidón de kerosén, don Alfredo preparó un termo de café. Acomodaron la Dodge frente al viejo ibirá pitá y encendieron los faros. El haz de luz alcanzaba unos diez metros.

—Ahí. Vamos a ponerlo ahí. Para que alimente mi árbol. Y para que esté bien cerca y sirva para recordarnos que hay que tener cuidado.

Ruben hizo un pozo, aunque no demasiado profundo, del resto se ocuparía el fuego. Así y todo estuvo un buen rato cavando, mientras don

Alfredo fumaba y tomaba café. Cuando fue suficientemente hondo, bajaron el cuerpo de la 4x4 y lo dejaron caer en el pozo. Ruben vació el bidón de kerosén y don Alfredo le tiró encima, encendido, el Dupont de oro. Movió la cabeza arriba y abajo, aprobando su propia idea por excesiva.

Eso. Fuego. Se trataba justo de lo que necesitaba. Era higiene. Y no tenía contraindicaciones. No ahí. En medio de sus campos, lejos de todo, no había nadie en kilómetros a quien un poco de fuego pudiera llamarle la atención.

Así que dejaron que ardiera un rato, mientras el cielo también se encendía, y tomaron café. Al terminar su segunda taza don Alfredo agarró la pala.

—Lo voy a tapar yo —dijo ante la tibia protesta de Ruben—, es hora de que hunda las manos en este asunto. Y no me va a venir mal un poco de ejercicio.

Todo parecía ir bien, don Alfredo lanzaba una palada de tierra tras otra sobre las llamas agonizantes con el sol del amanecer brillando sobre su piel, sin que se notara el esfuerzo en los setenta y tantos años de su cuerpo.

Pero.

Siempre hay un pero.

Cuando la tarea estaba casi terminada, se detuvo, tosió dos o tres veces y empezó a temblar. Soltó la pala, se llevó las manos al pecho y cayó sobre la tierra recién removida. Ruben lo cargó, desesperado, lo acostó en el asiento trasero de la Dodge y salió de Los Patos a toda velocidad —mientras le rogaba al Gauchito Gil que el patrón se pusiera bien— rumbo al lejanísimo Sanatorio Artigas, el más exclusivo de la ciudad de Santa Fe.

50.

Lo vi salir al médico y empecé a temblar, como de frío, te juro. Y que no le quería mirar la cara, no fuera cosa que con el gesto me anticipara algo malo. Te lo cuento como si lo estuviera viendo ahora. El médico era un pibe joven, más joven que vos. Te juro que lo vi caminar hacia mí, con el guardapolvo abierto, con una mancha azul en el bolsillo, y pensé por favor, Gauchito, que esté bien, no dejes que le haya pasado nada al patrón. Que saliera de esa. Que no dejara que le toque esa vez. Y me debe haber escuchado, porque no fue. No esa vez.

Los médicos están acostumbrados a los nervios de los demás, se ve, porque te hablan sin apuro, aunque vean que estás temblando. Me acuerdo de que como no lo podía mirar a la cara me quedé viendo fijo la mancha azul. Parecía que se le hubiera reventado una birome en el bolsillo. Empezó a dar vueltas con no sé qué del cuadro general de la situación y los factores que pudieron haber actuado de qué sé yo pero de pronto se detuvo y me miró mejor.

¿Usted es familiar?, me preguntó.

Me hubiese gustado gritarle, te juro.

Claro que no soy familia. ¿O me ve cara de Mejía Durán usted a mí, doctor? No ve que soy negro. Gustavo Ruben Cecilio Abrevaya. Hijo de doña María Cecilia Abrevaya. Padre, nunca tuve. Ni lo necesité. Me sobró con el amor de mi mamá y los cuidados del patrón.

Yo creo que por eso le digo así y no don Alfredo, como todo el mundo. ¿Cómo que cómo? Patrón. ¿O me vas a decir que patrón no suena parecido a padre?

Mamá era muy chica cuando entró a trabajar en la estancia, y cuando quedó embarazada y sin marido el patrón le prometió que me iba a cuidar. Y cumplió siempre.

La señora, en cambio, no me quería. Murió el mismo mes que mi mamá, lo que son las casualidades. A mi vieja la agarró una enfermedad de esas y la mató en unos pocos meses. Ella me decía: no te preocupes, incluso cuando yo no esté, don Alfredo te va a cuidar. A veces decía: como a un hijo. Y lloraba.

No, le dije al médico, no soy familiar. Pero como si fuera.

Claro, me contestó, pero sólo podemos darle el informe a un familiar directo.

Y de nuevo el grito ahogado, te juro.

Toda la vida junto al patrón. Desde gurí. Si hasta a veces me decía m'hijo. Incluso ahora cuando lo voy a visitar. ¿Cómo andan sus cosas, m'hijo? Y a mí se me llena el corazón de orgullo.

¿Familiar directo?

¿No se llama mi nene Alfredito?

¿No jugábamos, acaso, con la niña Mirta como hermanitos?

Hasta que fuimos creciendo... También le di sus primeros besos y... Eso no me lo puedo perdonar. Yo era pibe, claro, y la niña tan linda pero... Toda la vida el patrón me ayudó, me dio una educación y después un trabajo. Y yo le conté cada cosa que me fue pasando, él me aconsejó como un padre. Todas las cosas menos una.

Cuidala, me dijo una vez, habrían pasado un par de años y yo iba a llevar a la niña Mirta a un baile en Rosario. Como chofer, claro. Cuidala como si fuera tu hermana. Por eso nunca le conté y nunca lo voy a hacer, ni siquiera ahora. Creo que el patrón no me lo perdonaría y yo no me perdonaría ese dolor suyo. Porque siempre, pero sobre todo desde que mamá murió y hasta que me casé y tuve pibes, el patrón fue mi única familia.

Familia...

La familia está en Buenos Aires, doctor, le dije, y yo acá, ¿cómo le parece que hagamos?

Le puedo dar un informe por escrito, me contestó, y que se los haga llegar. Igual se tiene que quedar algunos días internado para una serie de controles.

Pero, le pregunté, ¿va a estar bien?

Se ve que por muy acostumbrados que estén a los nervios de los demás tampoco son de piedra los médicos, o al menos éste no, porque ablandó un poco el gesto y el tono y me dijo que había que esperar unos estudios pero que sí, que el patrón iba a estar bien. Que de ahí en más iba a tener que cuidarse, sobre todo de los picos de estrés, porque ya estaba grande y la próxima podía matarlo. O dejarlo postrado. Pero que por ahora estaba fuera de peligro.

Y así fue, quedó fuera de peligro y casi sin secuelas. Y también fue así que tuvo otro ataque. Pero para eso faltaban años.

Me dejaron verlo apenas cinco minutos y después me volví para Los Patos, a ordenar todo lo que habíamos dejado tirado. Y apenas terminé, te juro, apenas, fui a comprarle al Gauchito dos velones rojos y un paquete de puchos y le llevé la ofrenda al altarcito que le hicieron en la curva de la ruta.

Gracias, le dije.

Porque para mí que soy guacho, el patrón es lo más parecido a un padre que puedo pensar.

51.
28 de septiembre de 2015

Algo falta. Algo que Fermín no puede encontrar. Los apuntes no cuajan, los cabos sueltos siguen sueltos y, sentado frente a la pantalla en blanco de su computadora y un vaso de whisky, no logra avanzar. La desesperación crece hasta tener peso propio, densidad, forma. Si supiera rezar y tuviera a quién, lo haría.

No me puedo haber olvidado de escribir, piensa.

También piensa en lo que pasó las últimas veces que se vio con Luz. Entonces se levanta, como impulsado por un resorte, y va a la cocina. Prende una hornalla y mira. Un segundo, dos, tres. Vuelve a intentarlo. Y otra vez. Otra más.

No hay caso.

Eso que pasa con el fuego, piensa, sea lo que sea eso que pasa con el fuego, sólo pasa cuando estoy con ella.

Y decide llamarla.

52.
Materiales

«Art. 89.- Declaración del fallecimiento presunto. Pasados los seis meses, recibida la prueba y oído el defensor, el juez debe declarar el fallecimiento presunto si están acreditados los extremos legales, fijar el día presuntivo del fallecimiento y disponer la inscripción de la sentencia».

(Ley 26.994 - Capítulo 7:
Presunción de Fallecimiento)

53.

El certificado de defunción llegó seis meses después. Exactos. Los tiempos de la Justicia son puntuales con los ricos.

Ese papel significó distintas cosas para el entorno de Machi. Para sus amigos, la traición de Mirta y los hijos. Para don Alfredo, que viajó a Buenos Aires por primera vez desde que le diera el ataque, que la realidad se pusiera de acuerdo con ella misma. Para Mirta fue la posibilidad de vender El Imperio, empezar la sucesión y el momento a partir del cual iba a poder inventarse el recuerdo de un esposo hecho a su propia medida. Para Alan, que escuchó decir a su abuelo que tenía que volver a su vida, una forma de comenzar a encontrar ese camino.

Sólo Luciana no pudo hallar en ese papel un cierre. No había podido llorar a su padre en esos meses y tampoco podía entonces. Al mismo tiempo atravesaba con enajenación su crisis de pareja. Ni una lágrima. Como si esa muerte sin despedida la hubiera dejado seca.

Nosotros no derramamos lágrimas, se jactaba siempre su abuelo.

Luciana, que tenía esa frase muy presente, se preguntaba, con el certificado de defunción de su padre en la mano, qué diría eso de ella. De todos ellos.

54.

Nosotros, los amigos, no lo podíamos creer. ¿Cómo lo iban a declarar muerto?

Estábamos seguros, yo todavía tantos años después lo estoy, de que Luis se rajó con una pendeja o algo así. Capaz una de esas crisis de la mediana edad. Gastar con todo los últimos cartuchos. Capaz le duraba unas semanas, qué sé yo, capaz unos meses.

Pero que la familia, sobre todo Mirta, haya iniciado la presunción de fallecimiento a los tres o cuatro días que se fue... Porque todos pensamos que se fue, eh... Entonces que tu mujer y tus hijos te quieran dar por muerto... bueno, eso fue quemarle los puentes.

Porque lo que es seguro es que se fue. Lo hablamos mil veces con Carlos y con el Ruso. Al principio a mí me generaba dudas que no se hubiera llevado plata. Pero después el Ruso me avivó y me di cuenta de que, para un tipo como Luis, ésas son boludeces.

Olvidate, Tito, me dijo, lo debía venir preparando o se tuvo que escapar de algo: cazó una guita de la que manejaba por izquierda y empezó un negocio en algún otro lado. Andá a saber. Capaz pensaba volver pero ahora, me dijo el Ruso, con lo de la declaración de fallecimiento, no lo vemos más. Igual no hay de qué preocuparse, y se cagaba de risa el Ruso mientras me lo decía, debe estar abajo de una palmera con un daikiri en la mano y una mulata de cada lado en Costa Rica o un lugar así.

Ése es Luis Machi. El que nosotros conocemos. Y nadie lo conoce como nosotros. ¡Si compartimos de todo! Te llego a contar y te caés de culo...

Yo creo que su plan era volver en algún momento. Lo que pasa es que, bueno, el trámite ese lo iniciaron enseguida y con los contactos del suegro en seis meses lo habían declarado oficialmente muerto. Y al poco tiempo le vendieron su negocio a la competencia...

Imaginate, le quemaron los puentes, ¿a qué va a volver?

Pero mirá, seguro que si nos ponemos a buscarlo lo encontramos como dijo el Ruso: abajo de una palmera, en Costa Rica, con un puro, un whisky y una negrita de cada lado, apantallándolo.

Porque ése es Luis Machi.

55.
30 de septiembre de 2015

Volvamos ahora a la tarde que dejamos en la página 91. A esa tarde —las persianas bajadas, la cadena que desde el techo llega hasta las muñecas, los golpes, el celular que registra— en la que todo es calor y excitación. Al momento en que Fer desata el antifaz que al caer destapa la mirada húmeda de Luz, el maquillaje corrido, y le dice:

—Esto quiero que lo veas.

Con calculada lentitud enciende una vela. Deja el encendedor en la pequeña mesa de madera, entre la fusta y la varilla. Esperan. La respiración de Luz es un bandoneón cansino que mueve rítmicamente los ganchos que le aprietan los pezones. Fer agarra la cadenita que une los ganchos. Tira un poco. Luz gime. Un poco más. Afloja. Otro gemido. Vuelve a tirar. Y deja caer, sobre la piel blanca y tersa de las tetas, cuatro, cinco gotas de cera caliente.

—¡Ay!

—Quiero que mires esto —repite Fer, y su mano se vuelve garra en el cuello de Luz.

Ella mira, entonces. Los dos miran. Ven el fuego, aunque su significado sea tan inaprensible como la llama. Pero son, una vez más, Luz y Fer, y algo se ilumina.

Fuego.

Fuego fatuo, piensan los dos al mismo tiempo aunque nunca vayan a saberlo, luz mala: una fosforescencia producida por la descomposición de materias orgánicas enterradas a poca profundidad.

Despedite, recuerda Luz.

Tengo que hablar con el abuelo, piensa Fer.

Pero no dicen nada. En cambio dejan que las gotas de cera caliente sigan quemando esa piel blanca y tersa, y en ese placer olvidan la llama.

Y el momento pasa como un pájaro nocturno.

56.
Materiales

«Los circunloquios son la serie de rodeos semánticos con los que un paciente trata de describir y definir un concepto cuando sufre anomia (dificultad para denominar).

La perseveración consiste en un discurso en que se repiten de forma persistente palabras, frases, ideas o temas. Se presenta en pacientes con lesiones orgánicas cerebrales, en esquizofrénicos y en pacientes con demencia senil».

(«Rehabilitación neurocognitiva de
los trastornos del lenguaje»,
Amílcar Cersioni, Romina Sheibaum,
Leonor Alonso Maggio)

57.
4 de octubre de 2015

Terminaron el largo y tardío almuerzo hace apenas un rato. Es un momento de la tarde en que la llanura habla con claridad. Miran las hojas verdes y las primeras flores amarillas del ibirá pitá que recortan el cielo cargado de nudos de nubes grises. Un calor húmedo, pesado, un calor que puede olerse y casi tocarse baja desde el cielo gris sobre ellos dos, sobre el árbol, sobre la estancia Los Patos, sobre toda la provincia de Santa Fe.

Puede que llueva. Que vaya a llover.

Los hielos se disuelven entre el fernet y la Coca-Cola y la bebida pierde tenor, aroma, consistencia, gas.

Todo está por cambiar, piensa Fer. Pero no está pensando en la lluvia potencial que amenaza desde los nudos de nubes grises ni en el fernet cada vez más frío pero también más desabrido. No.

—¿A qué hora ves al abuelo? —le pregunta Luz.

Después levanta la carpeta de tapas amarillas en la que están los materiales que él viene acumulando y produciendo en estos meses para la novela —apuntes, transcripciones de testimonios, primeros capítulos corregidos con un lápiz Staedtler, fotocopias de declaraciones policiales, recortes de diarios— y pregunta también.

—¿Puedo?

Fer asiente.

—Tengo que estar allá a las seis —dice.

Y piensa: todo está a punto de cambiar.

La mira hojear las páginas, leer —como hacen ustedes ahora aunque él no los vea—, y busca en los gestos cosas que sabe que no va a encontrar. Ella sonríe. Golpea las páginas. Balbucea.

—Pero, entonces, Ruben... —dice en un momento.

Fer finge que no la escucha y ella finge que cree que no la escuchó. Frunce el ceño hasta que tres arrugas se forman en su frente clara. Sigue pasando las páginas.

Sobre la mesa, entre los platos del almuerzo y junto a las llaves del auto de Luz, está el diario. Para hacer algo, Fer lo agarra. Lo primero que ve es la fecha. Se pregunta si ella recordará qué día es.

Diez años, piensa.

Luz no piensa nada, absorta en la lectura llega a la parte en la que habla de ella.

—¿Y esto? —levanta la vista de las páginas.

—Pensé que ya lo sabías —contesta Fer—: todo es material narrativo.

Vuelve al diario para no ver cómo recibe Luz la respuesta. Empieza, siguiendo su vieja costumbre de rodear los temas en lugar de atacarlos de frente, por los titulares secundarios: el Kun metió cinco goles, Diego Torres saca su noveno disco, empataron San Lorenzo y Central, José Nun declara que el populismo no es democrático.

Toma un trago de fernet. La consistencia de la bebida es una parodia de sí misma.

—¿Preparo más o querés...?

—Fernet.

Antes de dejar el diario lee el titular principal: VENTAJA PARA EL OFICIALISMO PERO LA ELECCIÓN SIGUE INDEFINIDA.

Después le da la espalda —al diario, pero también a Luz y a la mesa con los restos del almuerzo y las llaves del Z4, al árbol viejo de flores amarillas junto al que ella vio una luz mala, al cielo en el que las nubes, grises, pesadas, se anudan unas con otras hasta donde alcanza la vista— y, mientras entra en la casa, piensa una vez más que todo está por cambiar.

Y no se refiere a lo que leyó en el diario. No sabe Fer, no puede saber, que dentro de menos de un mes la tendencia electoral va a haberse dado vuelta y que en el *ballottage* el armado político —una suerte de metáfora electoral del matrimonio Machi-Mejía Durán— que une a la vieja burguesía patricia, los Bullrich, Peña Braun, Rodríguez Larreta, con la nueva burguesía prebendaria, expresada sobre todo en el candidato a presidente, va a llegar al gobierno. No sabe que dos años más tarde, apenas meses después de arrasar en las elecciones de medio término, dos jornadas de movilización popular, con fuertes enfrentamientos callejeros, serán el principio del fin de ese gobierno. Ni que, pese a eso, van a quedarse hasta 2019. No piensa nada de eso, porque no podría saberlo, pero además porque es otra cosa la que le preocupa que esté por cambiar.

Cuando vuelve con los fernet, Luz ya dejó la carpeta.

—Tenés un montón de material ahí, ¿para qué querés hablar con mi abuelo?

Para que esto no termine, piensa Fer, y es cierto en parte. Por pura intuición, piensa también. Pero dice:

—Ya estamos acá.

—Podemos hacer un motón de cosas esta tarde —propone Luz—, acá en el campo nadie escucha los gritos...

—Me falta él.

—Ya te dije que no te va a servir de nada —hace una pausa, toma un trago—, te dije que después del segundo ataque quedó muy jodido.

—Contame.

Luz suspira y su suspiro es una queja pero también una rendición.

—La verdad —dice— es que no sé para qué te puede servir esto pero...

Mientras la escucha, Fer se repite que todo está por cambiar.

Cuando termine esta investigación, piensa, antes incluso de que me ponga a redactar, de que escriba o no esta novela; esta misma tarde, cuando hable con su abuelo y tenga el último testimonio, ya no voy a tener excusas con ella. No vamos a tener más excusas. Entonces será, una vez más, lo que tenga que ser.

Eso piensa cuando se repite que todo está por cambiar.

No puede estar más equivocado.

58.

La verdad es que no sé para qué te puede servir esto pero...

El segundo ataque se produjo unos días después de mi cumpleaños, hace cuatro años. Fue a Buenos Aires a llevarme el regalo: el Z4 con el que me había encaprichado. Fuimos los cuatro —el abuelo, Alan, mamá y yo— más unas amigas mías a cenar a La Brigada —uno de los pocos lugares donde se puede comer carne como la gente en esta ciudad, decía siempre el abuelo— y después a un bar en Puerto Madero, de un amigo suyo. A la segunda botella de champagne el abuelo dijo que se iba al departamento, que estaba cansado. Mamá también se fue. Alan, las chicas y yo nos quedamos.

Eso fue un jueves.

Se quedó en Buenos Aires hasta el... sábado, si no me equivoco. Sí, el sábado. Porque el lunes nos llamó Ruben, que el abuelo estaba internado, le había dado el segundo ataque mientras miraba una carrera de Fórmula 1. Es raro cómo hay cosas que no nos olvidamos más. Yo, que de automovilismo no sé nada, me acuerdo de que esa carrera se corrió en Shanghái y la ganó un tal Hamilton.

Mamá viajó esa misma tarde y...

No, no quiso que ninguno de nosotros la acompañara. Se quedó unos días. Supusimos que lo iba a traer con ella. Pero volvió sola. Llegó con un cúmulo de palabras que íbamos a aprender, como perseveraciones o circunloquios.

Dijo que el abuelo iba a necesitar muchos cuidados y ayuda profesional, ya lo había ingresado en una residencia.

Sí, la misma, la Martínez Luro, nunca lo movimos de ahí.

Alan no dijo nada.

Yo sí. Le pregunté por qué no lo llevábamos a Buenos Aires. No puede ser, ironicé, por falta de clínicas geriátricas. Residencia, me corrigió mamá, y se sirvió un whisky bien cargado sonriéndole a mi ironía. Ay, hija, me dijo. Y después de hacer una pausa me contestó que ella estaba segura de que era mejor que se quedara en Santa Fe, cerca de sus campos y sus cosas, incluso si no podía volver a salir. Que nosotros, Alan y yo, no podíamos entender el apego que tenía el abuelo a su tierra. Tu papá tampoco hubiera podido, dijo. Pero que eso era lo que el abuelo quería y que, de paso, le garantizábamos un trabajo a Ruben. Que él y su esposa se iban a ocupar de ir a verlo día por medio, llevarle lo que necesitara, hablar con los médicos y todo eso.

Además nosotros, agregó, podemos ir a visitarlo cuando queramos. Pero sin dejar nuestras vidas.

Hay que seguir adelante, Luciana, me dijo mamá, eso me lo enseñó tu abuelo.

59.
4 de octubre de 2015

Cuando termina de escucharla, Fer maldice por dentro. Quería tener la oportunidad de bajar la capota del BMW Z4 de Luz, pero las nubes —casi del mismo gris que la carrocería del auto— que cubrieron todo el día el cielo de Los Patos finalmente se desanudan y se hacen lluvia.

—Vuelvo en un rato —dice—. Gracias, Luz. Por todo.

—Sabés qué día es hoy, ¿no? —contesta ella—. No tardes.

Se tiran un beso que vuela entre las gotas, entre lo que se están diciendo y lo que no, entre lo que cree cada uno que está por cambiar y lo que realmente está por hacerlo.

Fer sube al Z4. Pasa la mano por el tapizado.

Parece la caricia de un culo joven, piensa.

Arranca.

En minutos deja atrás la estancia, el par de kilómetros de camino de tierra, la pequeña ruta que lo saca a la principal. Siente como una caricia, también, las gotas de lluvia que chocan contra la carrocería del Z4, que avanza como si se deslizara rumbo al testimonio que le falta.

Cuarenta y cinco minutos después, cuando baja del auto, ya no llueve. Camina, con paso firme, sobre el asfalto mojado del estacionamiento del geriátrico. Confirma que en su bolsillo esté la grabadora digital. Entonces sí, cruza la puerta giratoria de la residencia Martínez Luro.

—Buenas tardes —le dice a la recepcionista—, mi nombre es Fermín Forgeroni. Vengo a ver al señor Alfredo Mejía Durán.

60.

Nadie puede venir ahora con que no sabía. Yo les dije. Despedirse, volver a su vida, seguir adelante. Cada cual sabrá qué decidió hacer con lo que le dije. Siempre hay que decidir. Como decidí yo. Y las decisiones tienen consecuencias. Consecuencias. Las decisiones. Tienen consecuencias. Siempre consecuencias. Consecuencias. Las decisiones. Las decisiones tienen consecuencias. Tienen.

Aunque uno no entienda. Yo nunca entendí muy bien qué asunto era ése. Y yo no tenía nada que ver. Pero había que hacer algo. Y lo hice. Nosotros no preguntamos, hacemos cosas. Sin derramar lágrimas. Nosotros. Así construyeron mis mayores esta provincia, levantaron este país cuando todavía era un país. Tomamos decisiones. Usamos los malos asuntos como abono para nuestros árboles. Y cuidamos a la familia. Y ése no era un asunto mío, pero era un asunto malo y había alcanzado a mi familia. La familia. La había alcanzado. A mi familia. Había alcanzado a mi familia. Alcanzado. Mi familia.

Hice lo que había que hacer para que cada cual pudiera despedirse, volver a su vida, seguir adelante. Seguir. Volver. Despedirse.

Hice lo que había que hacer. Me arremangué. Lo que había que hacer. Me ensucié las manos. Y los brazos. Los metí hasta acá. Hasta acá y de todas las maneras. Los hundí en... eh... en... ¿Cómo se dice? Ese líquido marrón y viscoso, agua y tierra, agua sucia, más espesa, color mierda.

Y después, cuando se dio la oportunidad, cuando quisieron saber, se los dije. Que nadie venga ahora, entonces, con que no sabía. Yo les dije, clarito, como ahora se lo digo a usted. A usted se lo digo. Le digo. Ahora a usted. Ahora. Se lo digo. Ahora le digo a usted. Había que despedirse, volver a la propia vida, seguir adelante.

Grábeselo: un asunto así de malo, aunque uno no lo entienda, es abono y sólo sirve para alimentar los árboles que crecen en nuestra tierra. Nuestros árboles. El mío. Mío el árbol y mía la familia.

Una vez a cada cual le dije —mi hija, mis nietos— cuando se dio la oportunidad. Cuando quisieron saber. Cuando quisieron. Saber. A cada cual. Una vez cuando quisieron. Cuando quisieron saber. Cuando quisieron se los dije. Una vez a cada cual. Les dije. Cuando quisieron. Una vez. No más de una porque es innecesario. Como derramar lágrimas. Así que que nadie venga ahora con que no sabía. Después cada cual habrá decidido qué hacer con eso que le dije. Siempre hay que decidir. Y las decisiones tienen consecuencias.

Cada cual habrá decidido. Mi hija, que tenía que seguir adelante. Seguir. Adelante. Seguir, mi hija que necesitaba seguir. *Adelante. Mis nietos, que necesitaban despedirse y volver a sus vidas. Yo mismo que aboné mi árbol. Todos tenemos que decidir.*

O usted. Ahora también usted. Usted vino a preguntar y ahora se lleva respuestas. Preguntar. Usted ahora se lleva respuestas. Vino a preguntar. Usted vino y se lleva respuestas. A preguntar. Y tiene que decidir qué hace con esas respuestas. Claro que para la gente como usted es fácil, igual. Creen que no les atañe, que es problema de otro. Por eso andan preguntando. Pero nosotros, no. Nosotros no hacemos preguntas, hacemos cosas. Y no derramamos... No derramamos... ¡Mierda! No derramamos... ¿Cómo era? No derramamos... esas pequeñas gotitas saladas que salen de los ojos cuando las señoras miran la novela de la tarde o el equipo de los negros gana un partido de fútbol.

Mis mayores construyeron esta provincia. Este país, cuando esto era un país, lo levantamos nosotros, la gente como nosotros. Lo levantaron. Mis mayores construyeron. Cuando todavía era. Mis mayores. Este país. Mis mayores, que construyeron este país cuando todavía era un país, no lo construyeron haciendo preguntas ni derramando lágrimas. Lo construyeron ocupándose de los asuntos, tanto de lo que nos tocaba como de lo que no. Tomando decisiones. Arremangándose. Metiendo las manos en el barro. Los brazos. Para defender a nuestra familia, nuestras costumbres, nuestra reputación, nuestra tierra. Y los árboles que crecen en nuestra tierra. Esas decisiones alimen-

tan, con el abono de los malos asuntos, los árboles que crecen en esta tierra nuestra.

Entonces, cuando el asunto nos alcanzó, yo decidí. Tomé la responsabilidad que me tocó aunque nada tuviera que ver con el asunto. No hice preguntas. Ni derramé lágrimas. No había a quién preguntarle, y si hubiera habido igual no hubiera preguntado nada. Nosotros no hacemos preguntas, hacemos cosas. Y las cosas son lo que son. Había que decidir. Eso hacemos nosotros. Por eso construimos esta provincia, levantamos este país, cuando esto todavía era un país. Porque tomamos decisiones —despedirnos, seguir adelante, volver a nuestras vidas—, y esas decisiones alimentan, con el abono de los malos asuntos, los árboles que crecen en nuestra tierra.

Árboles. Árboles que crecen en nuestra tierra. Nuestra tierra. Árboles que crecen con abono. Tierra. Nuestra.

Eso hice yo. Me arremangué. Para que ese asunto no involucrara a mi familia ni nuestra reputación. Me ensucié las manos. Los brazos. Hasta acá me embarré, de todas las maneras. Podría haberme hecho el zonzo, pero no. Porque nosotros no somos como ustedes. No andamos haciendo preguntas. La gente como nosotros, los que levantamos este país, lo hicimos tomando decisiones. Siempre hay que tomar decisiones. Y las decisiones tienen consecuencias. Cuando hay que arremangarse, lo hacemos. Metemos las manos en el barro. Hasta acá. En el barro. Metemos las manos. Las manos. Metemos. Las ma-

nos. *El barro. Las manos hasta acá. El barro. Para defender lo que es nuestro: familia, tierra, propiedad. Y hacemos abono de los malos asuntos. La tranquilidad de los nuestros.*

Por eso ni mi hija ni mis nietos pueden venir ahora con que no sabían. Yo se los dije: seguí adelante, volvé a tu vida, despedite. Les dije. A cada cual cuando creí que estaban listos, cuando quisieron saber. Tuve que decidir. Y decidí. Cómo. Y cuándo. A Mirtita, enseguida. Después a Alan. Más tarde a Lucianita. Y ellos —mi hija, mis nietos— también tuvieron que decidir. Cada cual. Decidir qué hacer con eso que les dije. Nunca supe qué decidieron. Nunca supe. No supe. Nunca. Supe. Nunca. No supe. No les pregunté. Nosotros no nos hacemos preguntas. Ni derramamos lágrimas. Nos... nos... levantamos las mangas de la camisa hasta poco más allá del codo... ¡carajo! Y metemos las manos en el barro. Y tomamos decisiones.

El advenedizo bastardo también habrá decidido cosas. Debió tomar decisiones que lo llevaron a terminar como terminó. Tomaba decisiones, Luisito, y las decisiones siempre tienen consecuencias.

Que nadie venga ahora con que no sabía. Yo se lo dije, en su momento, a cada cual. A Mirtita, primero. A Alan después y mucho después a Lucianita, cuando volvió. Les dije: seguí adelante, volvé a tu vida, despedite. Como ahora le digo a usted que yo no tuve nada que ver con el asunto pero lo resolví. Sigo sin entender cómo llegó hasta ahí. No entiendo.

Mi camioneta. Sin entender. Hasta ahí. Hasta ahí llegó. Cómo. Ni por qué. Sigo sin entender. Llegó hasta ahí.

Pero aunque no pude entender cómo ni por qué había llegado hasta ahí, a mi camioneta, no pregunté. No había a quién preguntarle, y si hubiera habido igual no hubiera preguntado nada. Las cosas son lo que son. Había que decidir. Eso hacemos nosotros. Por eso levantamos este país, cuando esto todavía era un país, porque no hacemos preguntas, hacemos cosas. Y no derramamos lágrimas.

Nunca pregunté. Ni derramé una lágrima. Pero tuve que decidir. Y hundí los brazos en el barro, de todas las maneras, hasta acá, para transformar todo ese mal asunto en el abono que alimentó a mi árbol. Lo alimentó. A mi árbol. Mi árbol preferido. Alimentó. Árbol.

Que nadie venga con que no sabe.

Tampoco usted, ahora, si tanto le gusta hacer preguntas.

FINAL
~~61.~~

Cruzás la puerta giratoria de la salida y caminás errático, rumbo al Z4 de Luz a través del asfalto húmedo del estacionamiento del geriátrico. Todo da vueltas y vueltas. Parás un momento y sacás la carpeta de apuntes. La apoyás en el techo de un auto cualquiera, el primero que encontrás. Leés lo que te dijo Luciana, página 90. La conversación telefónica de la página 176, el testimonio de Alan, siete páginas antes. Y lo cotejás con lo que el viejo acaba de contarte en su discurso enrevesado y roto. Lo que tenés no es, claro, una confesión. Acaso sea mejor que eso. Y peor.

Tenés una historia.

Pero es una historia que te queda grande.

Lo que llevás apretado en el bolsillo es más de lo que podés manejar. Mucho más de lo que esperabas. De lo que merecés, Fermín. Decime si no. Si no es mucho más de lo que imaginaste cuando volviste, diez años después, como un ladrón furtivo sobre ese personaje —aquella historia, estos materiales— que no te decidís a soltar. O que no se decide a soltarte. Y ahora tenés una historia que te queda grande con la que no sabés qué hacer.

Basta, pensás, no soy un periodista ni un detective. Tratás de convencerte: soy un escritor.

Pero lo que el viejo te acaba de decir —la lengua enrevesada y rota en que el viejo dijo lo que dijo, esos retazos de lucidez, las hebras sueltas que los años y la degeneración le dejaron— en la pequeña grabadora en tu bolsillo es a la vez un premio y una carga.

¿Qué hacer?, esa pregunta hija de puta que nos atormenta hace más de cien años, cae ahora sobre tus hombros. ¿Subir al Z4, volver a Los Patos y contarle todo a Luz? ¿Buscar con ella los huesos que suponés junto al árbol preferido del viejo? ¿Meter una denuncia anónima? ¿Hablar con un amigo periodista? ¿O cagarte en la realidad y escribir la puta novela de una buena vez, diez años más tarde?

Hay que decidir, te encontrás pensando.

Te das cuenta, enseguida, de que el viejo te contagió la palabra. Y también de que tiene razón, que te estás haciendo el boludo. Como si no fuera asunto tuyo.

No.

No *hay* que decidir.

Vos tenés que decidir.

Vos.

¿Querías una forma híbrida? ¿Un relato que sin ser ficción tampoco sea fiel a los hechos? ¿Construir una novela de la ausencia con los materiales de la presencia? ¿Un sistema poroso que tomara testimonios, cotejara las voces del pasado con las del presente? ¿Y después meter todo eso en el texto, incluir tus propias dudas, usarte como personaje secundario, llenar los vacíos con supuestos, vaciar las certezas en microficciones? Ahora los materiales se te escaparon de las manos y no sabés qué hacer con ellos.

Las preguntas se repiten como si se te hubiera pegado a la corteza craneal el discurso enrevesado y roto del viejo.

¿Subir al auto? ¿Volver a Los Patos? ¿Hablar con Luz? ¿Desenterrar con o sin ella, cuando ella duerma, los huesos que pueden estar o no junto a un árbol? ¿O una denuncia anónima? ¿Un amigo periodista? ¿Cagarte en la realidad y escribir la puta historia de una buena vez? ¿O hacer una fogata con los apuntes y las desgrabaciones, incendiarlo todo para encontrar tal vez, ahí en el fuego, algún significado posible?

No soy un cronista, ni un detective, te repetís, soy un escritor. Y, agregás, no soy un pirómano.

Guardás los papeles y seguís caminando con paso errático sobre el asfalto mojado. Entonces escuchás, a tu espalda, otros pasos. Unos pasos determinados, que resuenan como un eco distorsionado de los tuyos.

Son los nuestros.

Y se acercan.

Apretás el grabador digital en tu bolsillo, sacás las llaves del Z4 y apurás la marcha sin darte vuelta.

Estoy sugestionado, pensás.

Pero no, no lo estás.

Enseguida sentís el golpe en la nuca. Y otro. Con el tercero caen tus párpados y tras ellos, vos. Es más de una persona, piensa la única parte tuya que todavía no se apagó justo antes de hacerlo.

Después el vacío.

Sos un muñeco de goma al que nuestros brazos mueven, desvisten, vuelven a vestir, cargan. ¿Cuánto tiempo pasa?, ¿dónde estás?

—Dale, abrilo —escuchás una voz que es como si viniera del pasado.

Pero no de tu pasado. De uno ajeno. Un pasado en el que vos no tenés nada que hacer. Como el zumbido persistente de unas moscas lejanas.

Hay un ruido de llaves, un auto que se abre. Tu cuerpo cae, pesado, en un espacio en el que apenas cabe. Uno de nosotros agarra tu mano derecha, hecha de goma, y hay un clack rosado sobre tu muñeca.

Esto ya pasó, pensás.

Recién entonces podés volver a abrir los ojos. Frente a ellos la boca de una pistola automática. Años de leer y escribir policiales, una década de girar sobre esta historia, no te permiten dudar.

Increíble, es una Glock, pensás —estoy seguro de que pensás eso— apenas antes de que los disparos te borren el rostro.

Y el baúl se cierre.

Kike Ferrari
Una vez más en Buenos Aires,
diez años después

Aclaración

Lo que acaban de leer es una obra de ficción.
Ninguna persona, animal o burgués fue lastimado durante su escritura.

Agradecimientos

Terminé de escribir *Que de lejos parecen moscas*, que fue publicada por primera vez en 2011, durante octubre de 2009. Por mucho tiempo estuve seguro de que no habría continuación. Todo lo que sabía de esa historia, todo lo que me interesaba contar, ya estaba ahí.

Pasaron diez años hasta que, después de una charla con Hernán Mussalupi y Natacha Cervi —gracias a ambos—, encontré la historia que sería *El significado del fuego* y tomé los primeros apuntes. Y uno y medio más —y la escritura de otro libro— para que los retomara y empezara la redacción definitiva.

Pero, a diferencia de su predecesora, esta novela necesitaba que yo conociera una serie de cosas —procedimientos legales y policiales, anomalías del habla, rutas alternativas a Santa Fe, particularidades de algunos oficios— de las que nada sabía.

Mi agradecimiento, entonces, a Javier Falcón, Maximiliano Sosa, el doctor Matías Bragagnolo, el subcomisario Oscar Frirdlaender, la perfiladora criminal Laura Quiñones Urquiza, la doctora María Elena Pibouleau y la licenciada Florencia Bullich, sin cuyo asesoramiento no hubiera podido avanzar. Vale remarcar que me tomé, en todos los casos, licencias literarias al pasar sus conocimientos al mundo de la ficción. Por lo cual no hay más responsabilidad que la mía en los desajustes con la realidad que hayan podido encontrar.

También quiero agradecerle a Juan Mattio, porque pensar con él, discutir con él, leer con él, es una parte enorme e indisociable de mi laburo como escritor.

Por último, a Paloma Sainz, Betty Sánchez y Marina Taibo —que son parte de un grupo más grande y que siempre está a mi lado—, quienes, cuando parecía que iba a ahogarme a mitad de la correntada, me tiraron la soga que me permitió atravesar ese enero en el que la novela avanzaba a un ritmo frenético, pese a todo, como una balsa de troncos sobre el río turbulento de la realidad.

Este libro se terminó
de imprimir en
Móstoles, Madrid,
en el mes de
febrero de 2024